CLASSIC

當代大師
文學經典

在愛的長河時光中

安德依・馬金尼 Andreï Makine ◎著
胡燕、安陽◎譯

Au temps du fleuve Amour

【導讀】

另一首追尋與流亡之歌

南方朔

一九九五年十一月，法國龔固爾文學獎的評審會議，不但改變了俄裔法籍作家馬金尼的一生，甚至也還一定程度的改變了當今法國文壇的風景。

因為，在這次評審會議上，馬金尼的《法蘭西遺囑》以六比四的票數，在第一回合的投票中，即贏過當今法國主要作家弗蘭茨—奧利維埃·基斯貝爾（Franz-Olivier Giesbert）的《泥坑》（La Souille）。《法蘭西遺囑》說的是流亡、身分、認同，對法國文壇而言，它代表的是文學的跨文化擴延，而《泥坑》所代表的則是法國小說的『回歸地方』，近年來延續著基斯貝爾的這種趨勢，許多新的小說作者如Beâtrix Beck、Jean-Louis Magnon、Jean-Paul Malaval等已開始出現。

《法蘭西遺囑》在一九九五年除了得到龔固爾獎之外，在龔固爾獎投票的數小時之前，著名的『中學生文學評審委員會』也公佈它的評審結果，由《法蘭西遺囑》奪魁，這是法國小說的人氣指標，顯示出這本小說無論在菁英評論家與學生群眾間，都得到相同的讚賞。而更具意義的，則是麥迪西獎也差不多同時揭曉，由《法蘭西遺囑》和另一俄裔法籍作家瓦西里·阿列克薩基斯的《母語》共爭第一名。經過四輪投票，均為四票對四票，最後只得兩人並列。一九九五年對法國文學界而言，乃是罕見的『俄羅斯年』。法國文學裡，一向交織著許多異文化的元素，以前的法屬殖民地，如西非的馬利、塞內加爾、喀麥隆、剛果，以及加勒比海的法屬馬丁尼克等地，一代代的正統法語或法語方言作家，早已前後相望，而今隨著東歐及俄羅斯新移民的增加，另外的文化新元素更增，這不能說不是法國文學疆域的擴大與內涵的更加充實。

有關《法蘭西遺囑》的討論已多，在此不贅。一定程度延續著《法蘭西遺囑》而來的這本新著，它以西伯利亞哥薩克族三個少年的成長、冒險及轉變為經，以歷史及語言的認知、慾望和情感的探索為緯，構築成了另一個涉及認同、反省及流亡的故事，辭藻優雅華麗，而意趣則頗深遠。馬金尼留下了另一部值得人們細心閱讀並再三反芻的精心之作。

『哥薩克民族』（Cossack）的正式稱號，最早見諸一四四四年。它是一個以韃靼人為核心，融合了其他如亞述人、亞南人、馬札爾人等而成的民族。它最初形成於聶伯河一帶，而後南下，並向西伯利亞一帶擴散，並在聶伯河、頓河、高加索、烏拉爾河一帶，分為數個不同的大群落。在現代及近代俄羅斯歷史上，哥薩克民族以其驍勇善戰，而不斷隨著歷史的鐘擺而擺動，時而東征、時而西戰，時而同一民族隨著不同的政治而相互凌遲殺戳。他們在歷史的擺盪中而被決定了有如蟲豸的命運，而在擺幅極大時，則有一部分人被甩離，或者到了大馬士革的移民後巷，或者成了歐洲的馬術雜技團員或下層外勞的來源。生活的匱乏、俄羅斯意識形態的教條化，使得哥薩克民族只是為了活著而活著。他們不再對幸福、自由、慾望、愛情，或美有任何的嚮往。而所有被壓抑的生命渴望，則將一切都轉變成惡意的竊竊私語和蜚短流長。這是一種殘損的生命誌，它成為宿命的本性，將人們束縛於其中。

於是，遂有了西伯利亞泰加森林裡一個伐木小村落裡，三名少年由困惑而追求，由追求而叛離的成長故事。

一個是充滿了正直與熱情的薩姆海，他後來到拉丁美洲從事革命活動而死亡。

一個是帥哥型的于安，他追求自由與情愛，後來離家到聖彼得堡念電影技術學校，最後到了紐約。

一個是由於小時候被浮冰撞傷，因而腿部殘廢、肩膀也扭曲的烏德金，他後來到基輔念新聞學院，輾轉到了美國，娶印第安有才華的駝背女子，夫婦以編繪情色漫畫為生。

三個人有三種不同的選擇，它無關於好或壞，主要的乃是在於這些都是他們自由的決定，而不像以往那樣，『生活中的一切既是偶然，又是命定，人們像草芥一樣漠然接受死亡和痛苦』。

這本小說裡，最具直觀智慧的，乃是三個少年對生命開悟的過程。他們由青少年懵懂的生理變化和情愫改變，而對死寂和無可奈何的現狀產生不安的騷亂和困惑，然後在看一部法國通俗諜報電影『貝爾蒙多』的過程裡，逐步理解到語言、思想與生活是可以不一樣的。一部電影可以改變一個人或一個社會，這種觀點不僅存在於理論中，而是實實在在的事實。不同的文化在接近時，一些小小的訊息會造成巨大的改變，會影響到一個城市的整體氣氛，馬金尼的敏銳觀察確有其犀利的鋒芒。

馬金尼的新著，揭露出了西伯利亞榛莽森林裡粗礪的生命，將個人與歷史命運的轇轕與覺悟娓娓道來，這是另一首追尋與流亡之歌，而這種歌聲將會一直被人們唱下去！

目錄

第一部分

1.

她的身軀，彷彿玻璃吹管那端的水晶，柔軟灼熱。烏德金，你在聽嗎？在我們大西洋彼岸的夜談中，我曾經提到過的她，將在你狂熱的筆下盛開。她的身軀，這團閃耀著紅寶石灼熱光芒的玻璃，漸漸失去光澤；她的胸膛，染著明亮的玫瑰紅慢慢堅挺；她的腰間，散落著一片雨點似的美麗斑點——那是你迫不及待的手指留下的痕跡。

談談她吧，烏德金！

近處大海的光輝映射在天花板上。天還是熱得讓人不敢到海灘上去。那掩映在一片翠綠中的房子裡，一切都昏昏欲睡——平台上，一頂寬邊草帽閃爍在陽光下；花園中，彎曲的櫻桃樹一動不動，熔化的樹脂從樹幹上滴滴落下。還有這張幾週前的舊報紙，它的新聞欄傳來我們遙遠帝國沒落的消息。大海彷彿是鑲嵌在櫻桃樹枝間的綠松石。我躺在房間裡，透過寬大的玻璃窗門看去，房間好像翻沉在鱗光熠熠、一望無際的大海中。一片潔白，充滿陽光。只有一個巨大的黑點，是那架逃離雨夜的鋼琴。椅子上，是她，仍然和我保持著一點距離——

──我們才認識兩週。幾番浪裡暢遊，幾次在飄著柏香的夜晚中漫步，幾次親吻。她有著王室血統，烏德金，你想想！但她本人對此毫不看重。我是她的熊，一個從雪飄不斷的地方來的野蠻人，一個吃人巨妖，而這，使她快樂。

此刻，午後漫長的等待使她厭煩。她站起身，走到鋼琴邊，打開琴蓋。音符極不情願地慢慢流出，顫動著，像翅膀上負著沉重花粉的蝴蝶，陷入這空宅充滿陽光的寧靜中。

我像猛獸一樣敏捷地起身，全身赤裸。她感到我在靠近了嗎？當我摟住她的腰時，她連頭也沒轉一下，仍在專心把緩慢、慵懶的音符淹入被炎熱所熔化的空氣中。

直至突然感覺到我在她身上時，她才中斷彈琴，驚叫了一聲。她被一種幸福的恐慌籠罩著。爲了尋求平衡，她索性靠在鋼琴上，不看琴鍵，繼續演奏。她的兩隻手，十指張開，鋼琴迸發出雷鳴般陶醉的強音，這野蠻的和弦配著她的第一聲呻吟。我進入她，推動她，托起她，使她失去重量。她唯一的支撐點是她重又在琴鍵上移動的兩隻手。又是一個更響亮、更堅決的和音。這時她的線條完全挺現出來，頭甩向後，把下半身留給了我。對，顫抖，起伏，好像玻璃吹管那端一團灼熱的水晶。滴滴的汗水使我手指下起伏的橢圓形身軀變得透明。

和音不斷，漸漸急促，喘息著。她響亮的叫聲──介於幸福的抽噎和亢奮的呼喚間──與陽光、嘈雜的弦音交相呼應，震耳欲聾。當她感覺到我在她體內的爆炸時，她的手指下突然爆發出一個尖銳、興奮的音符。她的手攀在光滑的琴鍵上敲擊著，彷彿要抓住已從她身上逃走的看不見的幸福。

寂靜中鋼琴嗡嗡的餘音仍在回響，我看到她的身軀因爲停頓慢慢變得灰暗，失去光澤。

烏德金稱之爲『原始素材』。一天他從紐約打電話給我，用含混的聲音請我給他寫封信，講述一個我的艷遇。『不用精雕細琢，』他提醒我，『你知道，反正我要修改的……我感興趣的只是原始素材……』

烏德金熱愛寫作，寫作是他一直的夢想，早在我們埋藏在東西伯利亞盡頭的年輕時代就有的夢想。但他沒有素材。他那條殘廢的腿和突出的畸形肩膀使他在愛神面前從無機會。這一悲劇性的異常從幼年起就折磨著他。爲什麼我們之中的一個人會被推進那冰塊中，解凍期的大河毫無節制，磨碎他的身體，拋給他無可挽回的傷痛。而另一個人——我——則輕念著那條河的名字——愛河，沉浸在她清新悅耳的名字中，彷彿進入夢中女郎的身體裡。兩者都那麼柔軟、甜美、模糊不清。

一切都那麼遙遠。烏德金寫作並要求我不加修飾。我明白他想成爲唯一的作者，他要挫敗愚蠢的惡運。那『鑲嵌在櫻桃樹枝間的綠松石』，是他在我的敘述上後加的。而我，則不去精煉。我把我那團灼熱的玻璃胚原樣交給她，不用我的刻刀做任何雕琢，也沒有用氣吹脹它。原封不動的：一個後背曬黑的女人、一個尖叫的女人、一個快樂地抽噎的女人，一個飽蘸激情演奏的女人……

2.

在烏德金，我，還有其他人出生的地方，美貌是最不爲人所關注的。人們可以在那裡度過一生而從不知道自己的美醜，不去尋找人類面孔五官組合的秘密，更不用說人體輪廓的奧秘。

愛情同樣難以在這樸素的地方立足。在我看來，爲了愛情而愛已被完全遺忘——它已在戰爭的死亡中萎縮，被附近勞改營的鐵絲網扼殺，被北風凍僵。如果還有愛情存在，那也只有一種存在方式：罪惡的愛。它總是帶有或多或少的想像，給守舊的嚴酷冬日帶來些許光亮。裹著厚厚披肩的女人們在村中駐足，互相傳遞著令人興奮的消息。她們以爲自己在竊竊私語，但實際上由於嘴巴被厚厚的披肩圍住，她們不可避免地在大聲叫喊。這洩露的秘密被我們年輕人的耳朵截取。這一次好像是有人看見女校長在冷藏車的駕駛室裡……你知道，就是那種很大的，裡面有一個小床鋪的駕駛室。而且，那輛卡車停在靠近『魔鬼轉彎』的地方，眞的，就是每年至少出一次翻車事故的地方。簡直難以想像，像女校長那麼一個乾巴巴、看不出眞實年齡、總把自己裹在一層莫列頓呢保護甲裡的女人，如何在一個渾身充滿雪松樹脂、煙草和汽油味道的卡車司機懷中嬉戲。更何況是在那個『魔鬼轉彎』處。他們在玻璃結滿霜花的駕駛室裡幻影般的結合，使村子凍結的空氣立刻沸騰起來。充滿詼諧的義憤重新溫暖了凍僵的心靈。人們恨不得女校長爬上所有穿越泰加森林①、滿載巨大原松木的貨車。這些閒話引起的漩渦很快就平息了，好像被凍結在夜晚無盡的寒風中。女校長在我們眼中重新又恢復了眾所周知的形象：堅忍而又不幸的獨身女人。那些卡車仍一如既往地咆哮著向前飛奔，唯一的念頭就是運完計畫規定的木材。泰加森林在車燈的閃耀中重新關閉。婦女呼出的白色蒸氣融入刺骨的寒風。從愛情幻夢中清醒過來的村子重又蜷縮在無止境的冬日裡。

從一開始，村子就不是爲了庇護愛情而生。三個世紀前沙皇時代的哥薩克人在建造它時根本就沒有考慮這一點。那是一撮在無盡的泰加森林深處被自己的狂熱冒險折磨得精疲力竭的男人。狼群高傲的目光甚至一直追隨到他們紛亂的夢境裡。這裡的寒冷和俄羅斯的完全不同，好像沒完沒了。鬍鬚被厚厚的冰霜覆蓋著，好像豎立的尖刃，眼睛只要閉上一會，睫毛就分不開了。哥薩克人的心中滿是苦惱和失望。他們吐出的痰一落在黑色封凍的河面，就馬上濺作碎小冰塊，叮噹作響。

當然，愛情也會惠顧他們。那些小眼睛女人沒有表情的臉上似乎還掛著一層神秘的微笑，哥薩克人對她們的愛情產生在蒙古包籠罩的黑暗中，在燒紅的火炭旁，在寬闊的熊皮上。而這些沉默寡言的情人有著十分奇特的身體。那塗了馴鹿油脂的身軀總是逃避著擁抱。想抓住她們，就必須把她們馬鬃一樣烏密而有光澤的長辮纏在自己的手腕上。她們的胸部光滑、渾圓，宛若基輔最古老的教堂的穹頂。她們的腰肢結實、倔強。不過，被繞著其長髮的手馴服後，那身軀就再也溜不掉了。可眼中卻閃爍著刀鋒似的光芒，圓張的嘴唇好像要吞噬什麼。經過烈火和嚴寒鞣制的皮膚散發出越來越刺激、越來越醉人的味道。這狂熱再也無法抵禦……哥薩克人將繞在自己手腕上的髮辮纏得更緊。那女人狹長的眼睛裡閃過一絲狡黠的光芒。他沒有喝杯淡褐色的黏茶——那能把祖先的一切力量注入血管的卡爾克根莖之液嗎？

狂熱過後，哥薩克人重又回到他的伙伴當中，好多天都沒有注意到凍裂的傷口。卡爾克根莖在他的血管裡歌唱。

他們的目標是神秘莫測的遠東，還有向地球盡頭進軍這一令人激昂的承諾：那塊虛無縹緲的土地，對於他們厭惡束縛、限制和界限的心靈而言是如此寶貴。在西方，歐洲在一如既往拒絕野蠻的莫斯科的同時，已經爲他們劃下了不可逾越的界限。於是他們湧向東方。是期望在另一端與西方會合嗎？這算是一個被忽略的仰慕者的狡猾呢，還是一個被驅逐的戀人的

譯註① 泰加森林，亞寒帶針葉林的一種。

機智？

但是，無論如何，他們是這虛無縹緲的土地上的探險者。在春天溫和的黃昏，駐足於大地的盡頭，任由目光越過最後的邊緣，飛向初現的星辰那羞怯的淡白色光芒……

幾個月後，他們終於停下腳步，停在了他們的誕生地——歐亞大陸的盡頭。人數比出發時少了許多。在那裡，大地、天空和海洋都融爲一體……在仍被寒冬籠罩的泰加森林深處的一個煙氣騰騰的蒙古包裡，一個女人身體像蛇一樣可怕地扭曲著，她掙扎著在一張熊皮上產下一個大得出奇的男嬰。孩子有一雙媽媽那樣的小眼睛，像所有同類一樣凸起的顴骨，濕漉漉的頭髮閃著幽暗的金色光芒。

人們聚集在年輕母親的周圍，默默凝視著這剛剛降生的西伯利亞嬰孩。

我們從神秘的過去只繼承了一個遙遠的傳說。它的回聲在幾個世紀以來嘈雜的流言蜚語中漸漸減弱。在我們的想像中，哥薩克人仍在不斷地在泰加森林這片處女地上爲自己開闢一條道路。一個年輕的雅庫特②姑娘，穿著短貂皮大衣，在一堆盤繞交錯的枝莖間尋找著名的卡爾克根莖……夢想、歌聲與傳說在我們未開化的心靈裡居然有如此不可抗拒的力量，這難道不是一個巧合嗎？我們的生活本身變成了一個夢！

然而，幾個世紀以來的回憶到今天只剩下覆滿地衣的花崗岩上一堆被蟲蛀過的朽木，大革命時期被炸毀的哥薩克人後裔修建的教堂的廢墟，還有那插在雪松粗壯的樹幹上長滿鏽的鐵釘。這些釘子有人的手指那麼粗。村裡的老人對此只留有極模糊的一點記憶：時而是白匪殘忍地處決游擊隊員時用來吊掛死刑犯，時而是紅軍用來執行革命判決……多年以來，隨著威武的雪松緩慢的生長，樹幹上的釘子連同腐爛的絞索端頭已經爬上了兩人高的位置。在我們驚詫的眼裡，醉心於這種殘酷的絞刑的紅軍和白匪似乎有著巨人的身材……

村子沒能從它的過去中保留任何東西。從這個世紀初，歷史就像一個令人生畏的巨大鐘擺，專心在帝國的領土上往返擺動。男人們奔赴戰場，女人們穿上黑衣。鐘擺記錄著時間：對日戰爭，對德戰爭，大革命，內戰……然後，再來一遍，不過順序變了：對德戰爭，對日戰爭。男人們出征，一會兒穿越帝國一萬二千公里的土地去填補西邊的戰壕，一會兒消失在東部大洋縹緲的霧氣中。鐘擺向西邊飛去：白匪把紅軍趕到了烏拉爾山的另一側，伏爾加河的那一邊。鐘擺又回到西伯利亞：紅軍把白匪逼向遠東。釘子插進了雪松的樹幹，教堂被炸毀了，一切彷彿都是爲了幫助鐘擺更好地掃除過去的痕跡。

有一天，鐘擺強勁的擺動甚至將村子裡的男人拋向神話般的西方，那個曾傲慢地和野蠻的莫斯科劃清界限的西方。從伏爾加河出發，他們用屍體鋪砌了一條直達柏林的道路。在那

譯註② 雅庫特，西伯利亞的一個民族。

裡、在柏林，瘋狂的鐘擺停了一下——短暫的勝利時刻——然後，倖存的人們重新東征：現在該去解決日本了……

在我們童年的時候，這鐘擺好像停止了擺動。或者應該說是征途中林立的鐵絲網破壞了巨大鐘擺的擺動節奏。在距離村子二十多公里的地方恰好有一座勞改營。進城的道路將泰加森林分成兩部分，在那裡，透過閃爍的冷霧，我們能看見哨所的輪廓。鐘擺在反覆穿越帝國的路上會遇到多少這樣的陷阱？只有上帝才知道。

人煙稀少的村子裡只有二十幾個樅木屋，好像在人滿爲患的勞改營旁昏昏欲睡。勞改營——無垠雪野中的一個黑點……

孩子們建造自己的世界只需要很少的東西。幾處天然座標——我們很容易感受其和諧——構成了我們年輕歲月的小宇宙。我們知道在泰加森林的深處有一條小溪的發源地，小溪從地下泉水陰暗的水面中流出。這兒的每個人都叫它『水流』，『水流』繞過村子後，在廢棄的樅木浴室旁注人河流。河流從泰加森林兩排陰暗的林牆間蜿蜒穿過，深邃而寬廣。它有自己的名字——奧雷河，較大的地圖上標註著它自北向南的流向。奧雷河在遠離村子的地方注入一條寬廣的河流：愛河③。年老的地理老師偶爾向我們展示一個布滿灰塵的地球儀，那上面標註著這條河。這裡的居民沿著地勢分布在這個樸素世界的三個層次。棲息在河邊的斯韋特拉雅是我們的村子，下游離村子十公里處是首府凱代，再往前，坐落在江畔的是這兒唯一一座眞正的城市——涅爾羅格，在那兒的商店裡甚至能買到瓶裝檸檬水……

最初，村裡的居民成分非常單純，但後來在鐘擺的攪拌下村裡的居民變得雜七雜八。這裡有舊時的『富農』，在三十年代烏克蘭集體化時期被流放到此；有篤信宗教的克列斯托夫家族，他們過著離群索居的生活，很少同他人交談；還有獨臂的擺渡人福賓，總是在向渡客講述著同樣的故事：他是第一批在被征服的德國國會大廈牆上留名的人，也就是在這心醉神迷的勝利時刻，一枚流彈奪走了他的右臂——他的名字才寫了一半！

鐘擺也搗碎了家庭。除了那些老教徒家庭外，幾乎沒有一個完整的家庭。我的朋友烏德金和他的單身母親一起生活。在他年幼不懂事的時候，母親告訴他，他的父親是一名戰鬥機駕駛員，在轟炸目標時喪生：他駕駛起火的戰機衝向一隊德軍坦克。但是有一天，烏德金推測出，在戰爭結束十二年後才出生的他實際上不可能有這樣一位父親。他帶著受傷的心靈向母親講述了他的疑惑。母親紅著臉說那是在朝鮮戰爭中的事……幸好有得是戰爭。

我呢，只有一個姨媽……應該是飛舞的鐘擺擦破了這裡的凍土，發現了一條條含有金沙的河流。或者是它沉重鐘錘的鍍金層在粗糙的土地上留下的痕跡……我的姨媽不需要編造什

譯註③ 愛河，又名阿穆爾河，是黑龍江的上游。

麼飛行功勳。我的父親是一個地質工作者，他追隨鐘擺留下的金色痕跡而去。或許他暗中希望為我的出生發現一座全新的金礦。他的屍體再也沒有被找到。我的母親在生我時死去……

說起那時十五歲的薩姆海，我和烏德金從來就沒有搞清楚，那個和他住在同一間樅木屋裡，長著鷹鉤鼻子的老婦人是誰。他的母親？他的祖母？他總是直呼其名，每當我們試圖進一步了解薩姆海的身世時，都會被他打斷。

鐘擺暫時停止了它的飛行。村子裡的生活局限於三樣基本的東西：木材、金子、勞改營冰冷的陰影。我們甚至從未想過我們的未來會超出這三個基本要素。有一天，我們會和那些成年男子一起，帶著鋒利多齒的電鋸，隱沒在泰加森林中。有些伐木工到我們這冰冷的地獄來是為了掙『北方的錢』：雙倍於他們微薄的工資的獎金。另外那些工人——因工作認真並表現良好而被釋放的囚犯——他們的工資不按盧布而是按日子計算……或者我們會成為偶爾走進工人食堂的淘金者中的一員。碩大的狐狸皮帽子，繫著粗腰帶的毛皮短大衣，大靴子上的毛皮光滑耀眼。據說他們中有人『偷國家的金子』。對，他們在不為人知的地方淘金，在隱秘的『黑市』上出售塊金。我們這些孩子真嚮往這樣的命運。

我們還有一種選擇：呆呆地站在瞭望台的高處，站在寒冷的陰影裡，用一把手提式衝鋒槍指著木棚邊列隊的勞改犯。或者自己也淹沒在木棚邊蠢動的人群中……

斯維特拉雅所有的最新消息都是關於這三樣東西的：泰加森林、金子、陰影。聽說又有一隊伐木工人驚擾了一隻在穴裡休息的狗熊，然後他們六個人都擠在一個拖拉機駕駛室裡而得以逃生。人們談論創下紀錄的一塊『有拳頭那麼大』的金塊；低聲講述著又一個囚犯逃跑了……隨後是狂風大作的日子，就連這細小的信息網也中斷了。人們於是談論本地的消息：一條電線折斷了、穀倉旁發現了狼的跡象。結果有一天，村子沒有從黑夜中甦醒過來……

村民們起床，準備早餐。突然，他們發覺樅木屋被一種奇怪的寂靜籠罩著。沒有腳步踩在雪地上的咯吱聲、沒有風刮過屋頂的咆哮聲、沒有狗的吠叫聲。什麼也沒有。濃密的棉絮般的寂靜。外面的靜默襯托出家裡一切平常不易察覺的聲響。聽得到火爐上水壺的噓噓聲，水泡纖細規則的滋滋聲。姨媽和我傾聽著這深不可測的寂靜。我們看了一眼時鐘。正常情況下天該亮了。我們的臉貼著玻璃，仔細觀察黑暗。窗戶完全被雪堵住了。我們於是奔向大門，已猜出那無法想像但每個冬天都會重複的事，我們打開了門……

一道雪牆沿門檻而起。整個村子被大雪覆蓋了。

我高興地大叫一聲，拿起鏟子：『不用上學了！沒有作業了！』等待我們的是混亂幸福的一天。

我開始先挖出很窄的一段，然後把絨毛般輕柔的雪壓實堆砌成台階。姨媽爲了配合我工作，不時把壺裡的熱水澆到洞穴的底部。我慢慢向上登，有時不得不幾乎是水平前進。姨媽在樅木屋的門檻那邊鼓勵我，並叫我不要太快。空氣逐漸稀薄，我感到一種奇怪的眩暈，裸露的雙手在燃燒，心臟的搏動沉重地敲擊著太陽穴。屋裡燈泡射出的暗淡光線幾乎無法到達我搏鬥的角落。儘管四周都是雪，我仍然被汗水濕透，以爲自己置身於溫暖的母腹的保護中。我的身體好像又回到了出生前的那些夜晚。因缺氧而麻木的腦子虛弱地建議：明智的做法是下到屋子裡重新呼吸空氣……

就在這時，我的頭頂破了堅硬的雪層！陽光刺得我閉上了眼睛。

無盡的寂靜籠罩著這片沐浴在陽光中的原野：自然界在夜晚的暴風雪後平靜地休息。泰加森林這一刻重現了久違的淡藍色，好像在溫柔的空氣中打著瞌睡。耀眼的雪被上，縷縷白煙從看不見的煙囪中裊裊升起。

第一批男人從雪面上露了出來，重新直起腰，迷惑的眼睛打量著在村子上延展開的這片閃爍的荒漠。我們互相親吻，笑著用手指著炊煙——想像別人在兩米深的雪下準備飯菜，眞是好笑！一條狗從隧道中躍出，彷彿也面對這不尋常的景象哈哈大笑……老信徒克列斯托夫也出來了。他面朝東方，慢慢畫了一個十字，然後帶著過分莊嚴的神情向大家問候。

村子又漸漸恢復了熟悉的噪音。我們幫助村子裡的幾個男人挖掘連接樅木屋間的通道，以及通向水井的小路。

我們知道在這樣乾冷的地區，如此豐富的降雪是由霧濛濛的海上生成的風帶來的。我們還知道這風暴是春天最初的信號。暫時回暖的陽光很快就會把積雪融化，使它變實變沉，重新堆積在我們窗下。寒冷會更猛烈地回擊，好像要報復這短暫虛弱的光明。但春天會來的！現在，我們對此深信不疑。春天定會像隧道盡頭那耀眼的陽光一樣奪目、一樣迅捷。

春天來了，在一個晴朗的日子裡，村子解開冬日的纜繩。河水開始流動。巨大的冰塊開始它們雄偉的遊行，腳步越來越急。河水閃光的鱗片使我們眼花撩亂。冰塊冷澀的味道夾雜在荒原的風中。土地在我們腳下退縮，村子和樅木屋、蟲蛀的籬笆、繩子上晾曬的各色衣物織成的帷幕，都加入到這快樂的航行中。

漫長的冬天結束了。

這航行並沒持續多久。幾個星期後，河水回到了河床裡，村莊停靠在河水旁，那是西伯利亞短暫夏天的河水。在這短暫的時間裡，陽光讓雪搔樹脂散發出炎熱的味道。我們談論的話題再也離不開泰加森林。

那是我們在泰加森林裡的一次探險中，烏德金發現了卡爾克根莖……

拖著殘腿的烏德金總是走在我們後面。他不時向薩姆海和我喊道：『嘿，等我一下！』我們便善解人意地放慢腳步。

這一次，他沒有習慣地喊『等等我！』而是發出一聲長長的驚呼。我們轉過身去。

他是怎麼發現這種根莖的？只有年老的雅庫特女人的眼睛才能從柔軟的腐殖土層中辨別出它們。可能是因爲他的腿。他那像耙子一樣拖著的左腳總能不知不覺地挖出一些令人吃驚的東西……

我們靠近觀察這個卡爾克根莖，儘管我們不承認，我們還是感覺到它的外形中有一種女性氣息。它實際上是一個暗色的肥大的梨形物，外表像輕輕裂開的麂皮，下部裹著一層淡紫色的絨毛，自上而下被一個像脊柱似的凹槽分開。

它摸起來很舒服，那絨毛好像就是爲了滿足手指的觸摸。肉感的鱗莖叫人不禁猜測在它神奇的內部有一個的奇怪生命正在孕育。

我被這秘密所吸引，用大拇指的指甲剝開它豐滿的外皮。血一樣的紅色汁液從破口流出來。我們交換了一個困惑的眼神。

『讓我看看。』薩姆海說著，從我的手上拿走了卡爾克。

他拔出刀子，順著凹槽把刀插入了它的鱗莖。兩個大拇指插入多肉的橢圓體下面的絨毛中，一下子掰開了它。

我們聽見一種短促的鳴叫——好像冰凍住的門終於被打開時發出的聲音。

我們同時俯下身來更仔細地觀察。在淡紅色的果肉中間，我們看到一片蒼白的長葉子。

它以一種我們在自然界常會見到的令人感動的精緻方式折疊著。這在我們的心裡引發出一種複雜的感情：毀壞，打破這無用的和諧，或……我們不知道該做什麼，就這樣凝視著這葉子，它使我們想起蝴蝶出蛹時透明、脆弱的翅膀。

薩姆海面對這使人狼狽、出乎意料的美麗，也表現出隱約的尷尬。

終於，他迅速地把兩半根莖合在一起，塞進他背包的一個口袋裡。

『我去問問奧爾嘉，她應該聽說過。』他說著又繼續上路……

3.

我們在一個沒有女人的奇怪世界裡生活。發現愛情鱗莖只是使這一事實更加突出。確實有一些影子總是和我們很親密，吸引著我們，但這對我們而言絲毫也不意味著女性。我的姨媽、烏德金的媽媽、年老的奧爾嘉……凱代學校幾個女老師的面孔。她們的女性特徵早已在每日和寒冷寂寞又一成不變的日子的艱苦鬥爭中耗盡。其實，她們並不醜陋。比如說烏德金的媽媽，有一張白皙美麗的面龐，臉上帶有一種空氣般透明的感覺。可是她自己知道嗎？直至很久以後，重新想起她時，我才意識到：她應該是討人喜歡的，能激起情慾的。可是討誰喜歡？到哪裡去激起男人的情慾？寒冷，黑夜，無盡的冬日。鐘擺在冰雪覆蓋的鐵絲網上混沌地打著瞌睡。

有時候，由於一千公里外的一個偶然決定，我們的學校裡會出現一位年輕的女教師。稀罕物。她引起我們強烈的好奇。但我們從她的臉上讀出一種煩惱，一種想要盡快逃離的願望，這願望使我們也不安：我們的生活眞的已經到了無法忍受的地步了嗎？苦惱篡改了她的容顏。她的美貌、她迷人的異鄉風情因恐懼的表情而變得模糊。我們從心底感受得到，她在數日子——她看我們的眼光好像我們已經屬於過去。苦痛記憶的象徵，惡夢裡的人物。

被三樣東西——泰加森林、金子和勞改營哨所的陰影——奴役的男人們，也在數著。雪松的立方數，金沙的公斤數……做完這些計算，他們也夢想另一種生活，在一萬公里以外，越過烏拉爾河，帝國的另一邊的生活。他們談論起烏克蘭、高加索、克里米亞。他們的鋸條插入雪松芳香的樹幹，好像在叫喊令人垂涎的『克里—米亞』。淘金者的挖泥船一邊挖掘著，一邊重複著這回聲『克里—米亞』……

說起愛情……我們聽見的唯一一個使用的詞是『做』。不是『做愛』，這應該是指一個過程，也不是『做倒一個女人』，這會使人想到誘惑的一幕，只是簡單的『做了一個女人』。我們躲在工人食堂的一個角落裡，眼前擺著糖煮水果的杯子，偷聽他們的悄悄話，每次都是糟透了的失望。我們從他們的描述中只了解到一件事：他們中的一個人『做』了一個陌生女人。沒有背景，沒有人物的描繪，沒有色情的場面。他們甚至不去費力換一句粗話來表達他們的戰績，儘管他們那被伏特加和冷風灼傷的嗓子裡總是咕噥著那些粗野的句子。

『我把她做了，嘿嘿！那個雅庫特小姑娘……』

『馬妮婭，那個收款員，你還記得她嗎？我把她做了……』

我們希望至少有一些細節：那個雅庫特小姑娘是什麼樣的？刺骨的冰霜凍硬的毛皮大衣下，她的身軀應該顯得特別熱情、光滑。她的頭髮應該有著燃燒的雪松的味道。她的雙腿該是結實，微微彎曲的，她肌肉發達的髖部一定使她的腹股溝成爲一個眞正的陷阱，一個爲她情人的身體重新關閉的陷阱……我們狂熱地等待一個這樣的秘密！但是男人們早已開始談論其他的事了，幾立方米的木頭，爲了更好地找出隱蔽的金塊而需要加長管道……我們很響地吞下杯子裡化軟了的水果，用沉重的刀柄敲碎杏核，然後嘴裡嚼著杏仁，帶著唇上的苦味，走入冷風中。

在我們眼中，愛情很適合憂鬱的首府那灰暗的暮色，那裡所有的街道都通向覆蓋著潮濕的鋸木屑的大片荒地。

接著，有一天，在泰加森林深處發生了一次偶遇。就是在烏德金的跛腳發現愛情根莖的那個夏天。我那時剛滿十四歲，仍然不知道自己是美是醜，也不知道愛情會不會比『我把她做了』多些什麼……

八月一個炎熱的下午，我們在河邊燃起一堆篝火。我們脫下衣服，跳進水中。儘管陽光照耀，河水仍然冰涼。不一會，我們就回到火堆邊取暖。然後再跳進水裡，很快又是火焰溫暖的撫摸。這是在水裡度過一天的唯一方法。烏德金——由於腿疾從不游泳——重新燒旺篝火，薩姆海和我全身赤裸同奧雷河湍急的水流做鬥爭。我們重回火堆時牙齒喀喀作響，卻裝得大模大樣，還不忘記用手捧一掬水。我們把水潑向烏德金，讓他也分享我們的快樂。烏德金拖著殘腿，笨拙地躲避著水柱，水柱在空氣中劃出一道短暫的彩虹。水滴澆在火上，火堆惱怒的滋滋聲夾雜在烏德金氣憤的喊叫中。

接著是長時間的寂靜。熱浪漸漸充滿我們凍僵的身體。煙霧裹著我們，挑逗著我們的鼻孔。我們站著一動不動，幸福地沉浸在陽光照射下懶洋洋的麻木中。透明的火苗歡快的跳躍。充足的陽光輕撫我們潮濕的頭髮。清涼的河水沁人心脾，悅耳的流水聲使人昏昏欲睡。我們周圍是泰加森林無盡的沉靜，輕輕的微風，廣闊的湛藍、濃密與深邃……

發動機的隆隆聲打破了我們幸福的麻木。我們甚至來不及拾起衣服。河邊出現了一輛越野車，它一個急轉彎，在離火堆幾步遠的地方停了下來。

突如其來的一切使我和薩姆海驚呆了，我們爲自己倦怠的裸體窘迫不已，只得交叉手臂遮住下體。

那輛車敞著車篷，除了司機外，還坐著兩個年輕姑娘。當車停穩後，其中一個姑娘遞給司機一個大塑膠瓶。那男人推開車門，向河邊走去。

我們目瞪口呆，遮擋著下體，盯著兩個陌生的姑娘。她們從座位上站起來，爬上放下的車篷。好像要把我們看得更清楚。火堆另一邊的烏德金坐在地上，一邊往嘴裡扔著越橘，一邊帶著狡黠的笑容，等待這一幕的結局。

這兩個年輕姑娘一定和她們的同伴一樣，是年輕的地質隊員。也可能是來這裡實習的大學生。她們那種城裡人無拘無束的態度使我們著迷。

她們毫不羞澀地凝視我們的裸體，把我們當作動物園的猛獸一樣好奇地打量著。她們都有一頭金色的秀髮。我們不習慣於區分女人面孔的眼睛，把她們看做了一對孿生姐妹……

最後，眼光更強烈的那個姑娘笑著對她的同伴說：

『你看，那個小傢伙，眞像個天使……』

然後，她輕輕推了同伴的肩膀，拋給她一個調皮的眼光。

另一個姑娘盯著我，可是沒有笑容。我發現她的長睫毛輕輕地動了一下。

『對，一個天使，可惜是個頭上長著小角的「天使」。』她有點厭煩地回了一句。然後滑回到座位上，不再看我們。

司機拿著盛滿水的瓶子回來了。第一個金髮姑娘在回到她的座位上之前，仍一直微笑地看著我。我的身體幾乎可以感覺到她的目光滑過我的嘴唇、我的眉毛、我的胸膛……這時候我才覺察到這對孿生姐妹是完全不同的兩個女人。一個謹愼、敏感，她的身上好像有一個緊繃的心弦，她是一個脆弱的金髮姑娘，如同我們在峭壁上發現的水晶碎片。另一個，是琥珀，灼熱、逼人、充滿情慾。女人們竟可以如此的不同！

薩姆海往我的後背上潑了長長的一股冰涼的水柱，把我從失神中拉了回來。他已經在河裡了。喊著：

『烏德金！把他推下來，我要把這個光身子的唐璜淹死！』

『你在說誰？』我把這個名字錯當成了一句我不知道的罵人話，於是問道。

但是薩姆海沒有回答。他已經游向了對岸……我們總能從他的嘴裡聽到一些類似的怪詞。這些一定源自神秘的奧爾嘉。

烏德金沒有推我，而是靠近我用微弱顫抖的晦暗嗓音咕噥著：

『去呀，游泳去！等什麼呢你？』

他抬眼看著我。頭一次，我在他眼裡看到一絲悲痛、探詢的目光：試圖參透這組合而成的美麗的意義……然後，他轉身開始向火堆裡添加樹枝。

在回去的路上，我發現火堆旁的偶遇也使薩姆海感觸頗多。他找到一個藉口重新提起那兩個陌生的姑娘。

『她們大概是大學生，在新西伯利亞。』他找不到更好的開場白。

新西伯利亞是西伯利亞的首府，在我們看來它和克里米亞一樣遙不可及。貝加爾湖西邊的一切對我們而言都是西方。

薩姆海沉默了一下，然後用一種極其下流放肆的眼光看著我，扔出一句話：

『我打賭那個司機每天都做那兩個姑娘！』

『當然啦。』我急於贊同他的意見，還有那種無所不知的成人的口吻。

我們的談話就這樣結束了。我們感覺談話中有很大的錯誤。應該換一種說法。可是怎麼說呢？聊聊那根緊繃的弦，水晶，琥珀？薩姆海肯定會把我當成瘋子……

烏德金在渡船邊才追上我們。他在泰加森林裡像往常一樣，拖著腳在我們後面百米遠的地方跟著我們。但是，這一回我們沒有聽見他慣有的叫喊。倒是我們不時不安地在陰暗的樹叢中尋找他的身影，喊著：

『烏德金，還沒被狼吃了吧？哎噢！』

奧雷河上的渡船——變黑的圓木組成的木排——在夏季每天三次往返於兩岸。左岸，也就是東邊，是我們的村子斯韋特拉雅，右岸是涅爾羅格，那裡有磚砌的房子和一個叫紅十月的電影院。簡而言之，那是一個多少開化一些的城市，西方的前廳……

渡船上的乘客大多是從城裡回來的人。他們的網兜裡堆滿一個個紙包，裡面是在村子裡找不到的食物。

獨臂的擺渡人福賓握著有一道特殊裂縫的大木槳，開始拉起鋼索，熟練地固定住它們。鋼索穿過渡船欄杆上的鐵環，把它領向對岸。薩姆海拿起備用槳幫助擺渡人。

我坐在覆蓋著木排表面的木板上，聽著水波溫柔的蕩漾聲，心不在焉地看著慢慢靠近的村莊，花園圍繞著的低矮的樅木屋，籬笆和小路交織成的網，煙囪裡冒出的藍煙。

太陽在河的右岸落下，在城市那邊，遙遠的貝加爾湖那邊，西邊。我們的村子完全淹沒在它紫銅色的光輝裡。

當我們在河中央的時候，烏德金用肘彎推了推我，下巴猛地努了一下，讓我看遠處。我順著他的目光望去。在我們將要靠近的岸邊有一個女人的身影。我一下子就認出來了。那個女人站在河邊，雙手在前額交織，遮住刺眼的陽光，看著橘黃色的落日裡慢慢滑行的渡船。

那是維拉。她住在村口的一個樅木屋裡。所有的人都說她瘋了。我們知道她會一直這樣待到所有的乘客走下船，爬上陡峭的河岸，走向村莊。然後，她會走向擺渡人，低聲問他一個問題。誰也不知道她問的是什麼，也不知道福賓是怎麼回答的。

年復一年，她走下河岸，等待一個只會在夏夜搭乘被光陰塗黑的這隻渡船而來的人。她這樣望著，確信有一天能夠在盛裝的人群中分辨出他的臉孔……

渡船快靠岸的時候，薩姆海丟下船槳和我們聚在一起。他和我們一樣，看著那個等待渡船靠岸的女人。

『她一定愛過他！』他晃動著腦袋十分確信地說。

我們搶先跳到沙灘上。經過維拉身邊時，我們看到今天的希望從她灰暗的眼睛裡逝去……

太陽好像靜止的鐘擺的鍍金鐘錘，在泰加森林的西邊落了下去。時間停滯了。往日鐘擺的飛行縮減爲被生鏽鋼索引導的渡船的往返。

到了樅木屋，我從姨媽的櫥櫃裡取出一面橢圓形的鏡子，借助夏日黃昏慘淡的光線凝視鏡中的自己。我知道這樣的凝視是和一個眞正的男子不相稱的。我不敢想像，如果有一天薩姆海和烏德金偶然發現我這女性的動作，他們會怎樣嘲笑我。那兩個金髮姑娘的話還在我耳邊回響：『一個天使……可惜長著小角。』這慢慢暗淡的橢圓形裡充滿秘密。它映射出的面龐本該是惹人愛的。而且能使一個女人發瘋……許多年來將她帶到河邊，帶到不可能的希望中……

革命紀念日那天，我對於愛情的直覺第一次得到了奇怪的證實。

那天，我的姨媽邀請了她三個最好的朋友，其中兩個和她一樣是扳道工，另一個在凱代的食品店做售貨員。她們都是獨身女人。

桌子上的大陶瓷盤子裡有一塊凍豬肉，好像一塊淺灰色閃光的冰塊；有澆了油飾有酸果蔓的醃酸菜；當然也少不了酸黃瓜；還有生吃的凍魚片；鮮奶油拌土豆；爐子裡烤的牛肉丸子；此外還有兌著越橘濃汁的伏特加酒。

那個售貨員帶來了只有她才弄得到的烘餅、小餅乾、巧克力。

女人們喝了酒，從降低的嗓音裡好像能聽見有冰塊在碎裂、融化。革命萬歲！儘管血流成河，革命還是帶來了這短暫一刻的幸福……不想其他的！太苦了，別提他了！至少今晚……這無法讓它們回來：那些親愛的面孔；那幾個屈指可數的幸福的日子；還有那些親吻，帶著第一場雪的味道，也許是最後一場雪，記不清了。也不能讓那些眼睛回來，在那眼中她們曾看到的飄向貝加爾湖、飄向烏拉爾山、飄向被圍的莫斯科的雲彩。他們出發去追隨這些浮雲，終於在莫斯科城追到了，在坦克碾過的冰天雪地的戰場上追到了。雲彩在他們圓睜的眼睛裡鎖定，他們躺在結霜的防禦工事裡，臉朝向黑色的天空，目不轉睛地追隨白雲輕鬆西遊的腳步。

別談這個了……第一場雪，最後一場雪……等一下，達妮婭，給你這塊肉，這塊烤得嫩一點……我收到過他兩封信，然後……不想它了……兩年收到兩封信……不想了……

火爐上有一大塊溫暖的石板，上面堆著一雙舊氈靴，一個羊毛毯子和兩個鬆軟的枕頭，我躺在那裡，昏昏欲睡。我熟知她們的談話總是圍繞著過去的戰爭。她們努力逃避這個話題，開始談論村子裡的新聞。她們說，好像有人看見那個女校長又和……他叫什麼來著？……

歌聲響起，把她們從曇花一現的愛人眼裡的雲彩和多年以前的舊閒話中拉了出來。她們的聲音提高了、變亮了。看到這些女人，另一個時代的幽靈，會一下子變得莊嚴久遠，我總是感到很驚訝……她們唱著，穿過朦朧的睡意，我想像一個和暴風雪搏鬥的騎士，還有那個在漆黑的窗前等待他的美人。這多情女子哀求大雁帶一個口信給她的心上人，那個出發到『大草原的那邊，藍色大海的那邊』的人。然後，我開始幻想：藍色的大海突然在我們的雪中木屋湧現，海那邊可能隱藏著一些事物……

姨媽總是要查證一下我是否睡著了，然後才開始講述傳聞中女校長的荒唐行爲。她轉向火爐叫我：『米西亞，你睡著了嗎？』我不應聲。因爲，我絕對不想錯過這個女人的新艷遇，這是唯一一個被公認有艷遇的女人。我不出聲，聽著。

這一晚，我又聽見姨媽的問話。接著，她嘆了一口氣。低聲說：

『這又是一件操心事，好像操心的事兒還不夠多似的。姑娘們很快就會貼在他身邊，就像纏著狗尾巴的牛蒡。我看就快了……』

售貨員附和著：『那是一定的。像他這麼英俊，彼得羅夫娜，你將來都不知道該拿那些姑娘怎麼辦……』

另一個朋友插進來：『是的，她們會很快把你的德米特里帶壞的。』

我用一個臂肘支起身，貪婪地聽著。把我帶壞！我迫切想知道這件了不起的事會怎樣發生，我感覺這一定會給人很大的快感。但是她們已經開始談論一種醃蘑菇的菜譜……

而我，感覺就連頰下柔軟的枕頭都在它溫暖的絨毛裡包含有一種奇特的被掩飾的淫慾，感覺到某個神奇的夜晚充滿了希望，甚至連那晚的時間、黑暗和空氣都充滿了肉體的眞切和慾望的味道。我看見自己在奧雷河河邊，在火堆前赤裸著身體。冰涼的河水沁人心脾。一個陌生的金髮姑娘——水晶還是琥珀，我也不知道——站在火堆的另一邊，同樣赤裸著。沐浴在陽光下，嗅著濃郁的雪松樹脂濃郁的芳香，置身於泰加森林深不可測的寂靜中，她對我笑著。這一刻使我越陷越深。我的手伸過火堆去摸她的手……河水突然變成了白色，森林一片寂靜——是冬天的寂靜。在篩濾過的太陽光下，慢慢旋轉的雪絨花裹住了我們的身體。

4.

那年冬天，我和薩姆海養成了一起去浴室的習慣……

儘管薩姆海的舉止像村子裡的小頭目似的，他實際上是十分敏感的。我們夏天在河邊洗澡時遇到的那兩個金髮姑娘的態度一直沒從他心裡消失。就是從那次之後，他開始把我放在一個和他的同等地位來對待。我那時只有十四歲！而他就要十六歲了。這其中的差別在我而言是無窮的。

烏德金從不跟我們一塊洗澡，他在他家附近的浴室洗澡。他害怕凍壞他的腿。

我們每個週日都去的浴室和別的浴室毫無區別。都是一個小樅木屋被分成大小不等的兩部分。一個狹小的入口供我們放衣服和氈靴，然後是一個方形房間，靠牆放著一張長凳，還有一個大爐灶在加熱一個巨大的鑄鐵容器。我們把『水流』裡的水灌進去。浴池四周是一大堆碎石子，很快就熱了起來，我們再往上面澆水使整個房間充滿熱氣。還有由兩張木板組成的小閣樓，我們輪流躺在上面，由另一個人用一束在沸水中浸過的細樺樹枝爲他抽背。這些樹枝從夏天起就晾曬在入口的天花板下。它們的葉子在熱水中漲開，使整個房間都散發出樺樹沁人心脾的味道。

就是一個和其他一樣的浴室。只不過它不在萊園深處，而是在遠離村莊的河邊，『水流』匯入奧雷河的地方。那是一個幾年前遺棄的樅木屋，我們打掃了鑄鐵的大水池，準備了樺樹枝，修理了倒塌的大門。這就成爲了我們每週日的天地，霧氣騰騰的浴室就好像是爲我們身軀驚人的蛻變而準備的熔爐。

那一晚特別的冷，我們的手指在到達時都凍僵了。

『零下四十八度！我來時看的……』薩姆海從結冰的斜坡上跑下來衝向浴室時快樂地喊道。

『晚上肯定就得降到零下五十度了。』我完全明白他的喜悅，接著他的話說。

星星怕冷似的閃爍著脆弱、刺眼的光芒。被擠壓的積雪從我們腳下溢出，咯吱作響。我們用盡全力推那扇被凍住的門。門打開時發出清脆的摩擦聲，好像一扇玻璃被打碎了。我們點燃一隻黏在罐頭盒底的蠟燭。游移不定的燭光四周閃爍著虹色光暈。薩姆海蹲下身開始往爐子裡塡柴；我負責剝點燃第一堆火所需的樺樹皮。

慢慢地，黑暗房間裡的冷氣被驅散。原木建成的陰暗的牆壁開始變暖。水池上飄起的水蒸汽形成一道細細的薄紗。

薩姆海舀起一勺水灑在石子堆上。石子發怒的噓聲是一個好跡象。我們一會兒就能在現在還寒冷的入口處脫衣服了……

眞正的浴室應該像一座地獄。火焰從爐灶的小門中衝出來。水越澆越多，石子上像有上千條蛇在滋滋作響。木板變得滑溜溜的。黑暗中的動作也變得笨拙。而樺樹枝，眞是一種純粹的酷刑！但同時又是一種極度的快樂。我先平躺在狹長的閣樓上，薩姆海開始猛烈抽打我。在沸水中浸泡過的樺樹枝抽打在我的背上。我痛苦並快樂得大喊。纖細柔軟的樹枝好像鑽進了我的肋骨。我的思想變得模糊了。蒸汽越來越熱。薩姆海享受著撒旦般的快樂，繼續把灼痛灑到我的背上。他還沒有忘記不時往灼熱的石子堆上澆一勺水。重新升起的蒸汽暫時遮掩了我的施刑者……

終於，我那因極度痛苦和快樂而筋疲力盡的思緒，在它最後的訊息中宣布我的身軀已不復存在。眞的！在我身軀所在的地方，我體驗到一種因缺失而生的幸福，由籠罩著水蒸汽的陰影和浸泡在沸水裡的樺樹葉略帶刺激的芳香帶來的美妙的虛無感。現在樹枝有節奏地抽打著虛空，好像我是空氣一樣穿透我……

這時，筋疲力盡的薩姆海停了下來，扔下樹枝在和我垂直的木板上躺下。我拖著陌生的身軀，開始履行我的職責。抬起落下的是我的胳膊，鞭打著薩姆海結實的後背，他快樂地呻吟著。我對所發生的一切毫無察覺……

很奇怪，是薩姆海強大的身軀第一次讓我發覺裸露的肉體竟然可以如此美麗……

灼熱的蒸汽讓我們無法再呼吸。我們的腦袋嗡嗡作響，紅色的氣泡在我們的眼裡膨脹、爆炸。該去做主要的事情了……

我們打開房間的門，走出大門。我們投身於外面星星的戰慄聲中，置身於夜晚濃密的寒冷中……

一秒鐘後，我們就停住了腳步，赤裸著站在通向奧雷河的斜坡下。一二三！我們撲倒在純潔的雪地上。一點也不感覺冷，因爲我們已沒有了身軀。

星星發出的水晶般清脆的聲音。我們心臟低沉的跳動聲。心臟好像被遺棄了，孤單地埋藏在純潔乾燥的白雪中。黑色的天空把我們帶入它佈滿星座的深淵。

片刻之後……從我們身下飄起的蒸汽消散了。我們開始重新感覺到被融雪灼燒的皮膚，我們的肩膀，我們潮濕的頭髮上掛著已經凍結的冰渣……

我們又回到了自己的軀體中。

於是，爲了不破壞雪地上美麗的印跡，我們一個鯉魚打挺站了起來，奔向浴室……

那一晚，薩姆海像往常一樣坐在喜愛的浴桶裡。那幾乎可以稱得上是一個銅質的小浴盆，他經常用河裡的沙子磨亮它。薩姆海蜷起他的長腿浸人水中，而我直躺在一條長凳上。從冰天雪地逃回來之後，房間顯得完全變了樣。高溫不再使人窒息，而是討人喜歡地包裹著恢復了知覺的身軀。房間裡的氣味還是那樣強烈，但是更加清晰、純淨。聞著石子溫暖乾燥的氣息，再輕輕轉過頭來，吸吸一束遺忘在浴室中的樹枝的香味，一切都是那麼的美妙。穿過黑暗慢慢飄來的是火爐裡燃燒的樹皮的味道。

經過地獄般的躁動，經過星空下片刻的消失，這昏暗溫濕的房間在臨近午夜的時刻變成了我們奇特的天堂。我們有很長一段時間一動不動，幻想著。然後，薩姆海點燃他的雪茄……

那一晚他也點燃了一支雪茄。他從一個純鋁製煙盒裡抽出的一支眞正的哈瓦那雪茄。我知道這樣的雪茄只有在城裡，在離村子三十七公里的涅爾羅格才能買到，而且一支雪茄加上煙盒要六十戈比——一筆財富！——相當於學校裡的四頓午餐！

但薩姆海好像並不在乎價錢。他張開胳膊，抓過倒在爐邊的斧子，把他粗大的雪茄放在平整的桶沿上，準確俐落地切下栗色的一小段。

第一口煙之後，他在水中更舒適地坐定，看著樅木屋漆黑的天花板，沒有開場白就開始敘述：

『奧爾嘉說過，那些抽煙屁股、抽臭烘烘的煙的小農民不懂得生活。』

『怎麼不懂得生活？』我從長凳上抬起頭問。

『他們接受平庸。』

『什麼？』

『他們就想普通。她說得眞好。他們互相仿效。一份普通的工作，一個普通的老婆，普普通通地做愛。平庸的傢伙們……』

『那你呢？』

『我，我抽雪茄。』

『它更貴，對嗎？』

『不全是。抽雪茄，是一……哦……一種……是一種美感的行爲。』

『什麼？』

『怎麼跟你說呢？奧爾嘉說得那麼好……』

『美……是什麼？』

『其實，是一種方式。一切都取決於我們的方式而不是我們做了什麼……』

『可是，這很正常。要不然，我們會被人用蕁麻鞭打……』

『噢……可是，你看，于安，奧爾嘉說美麗是從方式即爲一切的地方產生。那裡只有方式是重要的。我們不會因爲洗澡而被鞭打。你懂嗎？』

『不，沒全懂……』

薩姆海不說話了，他的浴盆上空飄動著帶有雪茄味的煙霧。我感覺得出，他在尋找合適的詞彙表達奧爾嘉講授給他的意思。

『你看，』他吸了一口雪茄，半眯著眼睛，終於低聲說道：『她說，比如，當我們和一個女人在一起時，並不需要一個這麼粗大的生殖器！（薩姆海抓過斧子，揮動著稍稍彎曲的斧子把。）因爲這無關緊要……』

『她跟你說這個？』

『對……當然不是一模一樣的詞。』

我從長凳上起來想看清薩姆海，期待他將會洩露一個大的奧秘。

『那我們「做」一個女人時，什麼才是重要的呢？』我裝出一種平淡的聲音問他，以免嚇回了他的供詞。

薩姆海沉默了一會，然後，好像對我的不解很是失望，略帶生硬地回答：

『和諧……』

『哦……什麼和諧？』

『所有的和諧——燈光、氣味、顏色……』

他再次在浴盆中沉默了一下，轉向我，又起勁地開了口：

『奧爾嘉說過女人的身軀使時間停滯。用她的美麗。所有的人都在追逐、激動……你就生活在這美麗之中……』

他繼續說著，開始時有點斷續，然後越來越自信。可能直到開始向我解釋時，他才理解奧爾嘉透露給他的信息。

我心不在焉地聽著，認爲自己已抓住了主要的東西。這時我又看到了河邊陌生的金髮姑娘的面孔。對了，那就是一種和諧：奧雷河清爽的流水、篝火芬芳的氣息、泰加森林專注的沉默。還有我越過跳動的火焰凝視的陌生的金髮姑娘，她脖子溫柔的曲線中濃縮了女性特有的風情。

『要不然，你知道嗎？于安，那就像牲畜的愛情。你還記得去年夏天，在農場……』

是的，我記得。那是春天剛剛熱起來的一天。從學校回來的路上，我們穿過鄰近的集體農莊。突然，一頭母牛狂怒的叫聲從一個長形的原木建築中爆發出來，那是個陷於積雪和廄肥形成的稠厚泥漿中的牛欄。

『他們肯定在宰牠呢，這幫壞蛋！』烏德金憤怒地說這話時，臉痛苦得有些變形。

薩姆海輕輕冷笑了一下，示意我們跟著他。我們從黏稠的泥地中艱難地拔出靴子，靠近半開的門。

裡面，一塊大木板做成的結實的柵欄，把牛欄的一角和其他地方隔開，我們看到一頭紅棕色，肚皮上長著美麗白色斑點的母牛。牠的腿都被絆索拴著。割去角的牛頭被繫在柵欄板上，母牛在牠被圈起的小地方裡笨重地擺動。一頭笨拙巨大的公牛遲鈍野蠻地爬上牠的臀部。三個男人用粗繩子操縱著這激烈的攻擊。公牛的鼻子裡有一個環被一條鏈子鉤住，一個男人握著這條鏈子。公牛發出凶猛的吼聲，後腿踏在泥濘的地上，兩條前腿環繞著母牛的後背。母牛的身體被一個托架支撐著，以防止牠的腿在這異常的重壓下折斷。

公牛肚子下聳立著的一個淡紫色、有很小結節的樹幹狀的東西吸引了我們的視線。這閃著陰暗血光的東西重重地撞擊在母牛白色的臀部下方。一個人衝著離公牛最近的那個人大喊一聲。在一片騷動和踏步聲中，那個人好像什麼也沒聽見。

就在這時，公牛發出震耳欲聾的喘息聲。我們看見牠肚子下樹幹一樣的東西顫動著，向母牛的臀部猛拋出一股射流。男人們開始大叫。靠公牛最近的農莊莊員靈巧地抓緊那樹幹一樣的東西，把它插在合適的地方。另兩個人繼續吼叫，好像責備他太慢了。

公牛整個身體都因爲笨重地抖動而開始晃動。支撐母牛身體的托架顫動著發出陣陣嘎吱聲。我們看見一陣戰慄飛快地傳過公牛的身體。牠的咆哮更加低沉，好像喘不過氣來……

交配的機器放慢了速度，一直注視著機器運轉的人們早已慰藉地嘆了一口氣，擦了一下額頭的汗水。

外面，我們在燦爛的陽光下向斯維特拉雅走去。四肢感到一種痛苦的麻木。好像是用盡了全部的力量，又像是久病了一場……烏德金繃緊了臉看著我們兩個，嘶啞的嗓音喊道：

『我叔叔說的對，人是這地球上最殘酷的動物。』

『你叔叔是個詩人，』薩姆海笑嘆說：『就跟你一樣，烏德金。所有的詩人都害怕生活……』

『生活？』烏德金大聲重複。

他加快了步伐，右肩聳向天空。他的驚呼長時間在我頭腦中回響著。

薩姆海在他的浴盆裡看著我。顯然，他在等我的回答，可我在回憶農莊裡的肉體機器，沒有聽見他的問題。

『誰是奧爾嘉？』我爲了掩飾疏忽而問道。

『知道得多，老得快。』薩姆海帶著含混的微笑回答。

他慢慢站起身，邁出水桶。

『我們該走了，已經晚了。』他把我的大亞麻浴巾扔給我補充說。

回去的路上，我們走得很快。現在，我們短羊皮襖下的身軀又對寒冷敏感了，就像我們的目光面對冰冷天空可怕的美麗時那樣。這天空不再讓我們憧憬，而是用它晶瑩堅硬的黑暗壓垮我們。刺骨的寒風撕打我們的面龐。

奧爾嘉的樅木屋在村子的另一端。分手之前，薩姆海停下腳步，凍僵的嘴唇發出繃緊的聲音：

『她認爲成功的死亡是最重要的。幻想美麗死亡的人應該同樣有非凡的一生。不過，這個，我還沒有完全明白。』

『那誰能成功地死亡？』我盡力張開嘴唇問他。

薩姆海已轉過身走了幾步，他在冷風中喊道：

『戰士！』

5.

火車是一個幽靈、一個夢想、一個外星人。時間在扳道工的小屋裡安穩地流逝，描摹著火車風馳電掣一閃即逝的節奏。夜夜如此。

姨媽二十四小時值班的樅木屋隱蔽在鐵軌和懸在屋頂之上的泰加森林中間。要足足步行三個小時才能到達。不過我姨媽和一大早經過村子運木頭的司機達成了協議。他們把她帶到道路開始分叉的『魔鬼轉彎』。這已經不錯了，然後就只剩下一個小時的路要走了……

不知道爲什麼，這間簡陋的小屋總有一種我們不能在自己家找到的很短暫的舒適。一張狹窄的鐵床、一張桌子，上面蓋著一塊圖案早已模糊的漆布，一個生鐵做的爐灶。幾張聖像似地掛在床上方的明信片。

這小房間中最重要的東西是一個圓掛鐘。它帶箭頭的表盤總算獲得一種富有生氣的面貌。我們通過這熟悉的表盤知道所有的班次和晚點，同時賦予每個小時、每一列火車不同的表情。當我和姨媽一起在那裡過夜時，我特別喜歡那表情生動的鐘盤上映出的反光。

那是黃昏時刻。太陽擦著松樹黑色的枝頭，走完了冬日低懸的軌跡。現在，它在鐵軌的另一端，城市那邊，西邊休息。我走出屋子，看到兩條鐵軌在霜下閃爍著略帶玫瑰色的光芒。霧更濃了，覆著積雪的鐵軌那淡紫色的光線漸漸熄滅。

回到屋子裡，爐灶上的大水壺發出安詳的噓噓聲，我的姨媽正在準備晚餐：幾個土豆，凍肥肉，那是剛從緊挨著樅木屋邊的小房間——我們的冰箱——中取出的，茶，還有罌粟餅乾……掛滿冰花的小窗戶後面，藍色慢慢變成紫色，然後是黑色。

喝最後一杯茶的時候，我們開始不斷地掃視表盤。我們已經感覺到了它的到來，火車正在熟睡的泰加森林深處的某處蜿蜒前進。

我們提前很早就出來。在黑夜的寂靜中聆聽它的到來。先是遙遠的噪雜聲，好像從地底下傳來。然後是松樹頂上落下的雪塊的晦暗的聲音。終於，敲擊聲越來越響亮、越來越堅定。

當火車出現時，我的眼睛只盯著火車明亮喧嘩的車廂。那火車頭——眞正古老的——有漆成紅色的大輪子和耀眼的欄杆。它就像一個披著絮狀霧淞的黑色巨獸。它的胸前是一顆巨大的紅星！夜行的列車發出野蠻的轟鳴，強大的氣流使我們倒退了幾步。我的姨媽揮動油燈，而我，則睜大了眼睛。

我著迷地猜測明亮的車窗那面被絕對保證的舒適。什麼樣的神秘人物掩藏於其中呢？偶爾我能捕捉到一個女性的身影，坐在擺有兩杯茶的桌前的一對男女。有時甚至是一個平躺在臥鋪上的影子。但這樣成功的機會太少了。我的觀察因爲厚厚的冰霜或是拉起的窗簾而變得艱難。然而，一個模糊的身影對我已經足夠了……

我知道這列火車中有一節特別的車廂，用三種不同的外國文字說明：Wagon-lit——Schlafwagen——Vagoniletti④。那些西方人，我們眼中的外星人，就是在這列車廂中穿越帝國的。

想像一位夫人在她的車廂中已經待了一天，而且還要再待上一個星期。我在腦海裡重複她漫長的旅行：貝加爾湖、烏拉爾山、伏爾加河、莫斯科……我是多麼想陪伴在這位陌生的女客身旁呀！身處溫暖狹小的車廂中，我們靠得是那麼的近，特別是在夜晚臨近的時刻，每一個動作、每一個眼神都帶著愛的涵義。車廂有節奏的顛簸中的夜晚是漫長的，那麼漫長……

但是很快，龐大的火車啓動時揚起的雪塵就平息了，透過寒冷的霧，我們只能看到鐵軌上、在我們視線中漸漸模糊的兩盞紅燈……

那是二月一個灰色的下午，我又去扳道工的小屋看姨媽。在穿過泰加森林的路上，我已

譯註④　意爲臥鋪車廂，三種文字分別爲法文、德文和義大利文。

經覺察到空氣中飄散著一種不尋常的倦怠。遙遠的微藍籠罩著霧靄，但這輕霧又不像寒冷的濃霧那樣閃爍。它使雪光變得柔和，四周都融化了。泰加森林不再像被冷杉劃滿了黑色條痕的冰塊那樣凝固。每一棵樹都給它注入了新的生機，它正期待著一個暗示，並已經從漫長靜止的冬日中開始復甦。

在拂過屋頂的冷杉樹枝上，我看見兩隻小嘴烏鴉。牠們從喉頭發出叫聲，好像在說話。這叫聲裡能聽到一種懶洋洋的頹喪的疲乏。牠們的聲音不再像嚴冬時那樣回響，而是在舒適溫和的空氣中飄蕩，不時引出慵懶的回音。

『天氣要回暖了！』當我在門口出現時，姨媽告訴我說。『不過，要是下雪的話，今晚肯定停不了……』

那天，自然界這種霧濛濛的倦怠離我不尋常的近。幾個星期以來，我——主要是心中而不是頭腦裡——有一種異樣的不安。它的出現如此新鮮，以至於我能夠眞切地感受到它的存在，我幾乎可以觸摸到它，就像我口袋裡的火柴盒。但我卻找不到它存在的原因。

有時候我感覺這一切都是從在浴室的那晚開始的。那晚薩姆海講到女人身體的美麗，按他的說法，讓時間停滯……從那時起，他的雪茄的味道喚醒了我一種奇特的傷感。這是爲我們從未見過的卻又好像永遠失去的地方和面孔而生的傷感。最可怕的傷感。我這個少不更事的毛頭小子，不會知道這就是尚未找到目標的愛情。就在剛才，爲了讓自己融入牠們叫聲裡那份略帶色情的慵懶中，我差一點去追趕慢慢飛走的小嘴烏鴉。我已經感覺到大自然已經在本能地準備著春天的愛情彌撒。我渴望全身心地投入其中……但爲誰呢？

我埋怨薩姆海，他不該用一種於我而言難以理解、充滿推理的抽象方式來談論這些重大問題——愛情、生活、死亡。我習慣具體地思考生活。愛情——我看到篝火後面美麗的陌生姑娘身體優雅的曲線。生活——我眼前又絡繹不絕地閃現一張張生動的面孔，它們環繞著我們世界的三極——泰加森林、黃金、勞改營——運行。死亡——在該死的『魔鬼轉彎』處一輛卡車慢慢沉入裂著大口子的冰下。還有那隻狼，碩大美麗，伐木工人把牠打死，然後把牠從拖拉機上扔到福賓的樅木屋旁邊，嚷著：『老兄，拿去做個漂亮帽子！』狼早已凍僵，四肢僵硬呆滯。在牠高傲的眼角有很大一滴凍住的淚珠……

我只希望這樣感受生活，在所有的快樂、所有的痛苦中去感受，直接地、不假思索地。薩姆海沒有答案的問題使我侷促不安。

等待夜晚的火車在我看來是愚蠢的。就那樣睜大眼睛，帶著怦怦的心跳，等待這著名的橫貫西伯利亞的列車，只爲瞥一眼一個模糊的影子，而她甚至感覺不到我的存在，多傻呀！在陪伴她們穿越帝國的旅途中，又有多少女性的身影曾使我墮入愛河？而且我根本不知道，在我那美麗的陌生女郎們身旁，是不是還有她們的丈夫在酣睡？

我感到失望，覺得自己被夜行的西方女人欺騙，甚至出賣了。

外面，灰色的天空飛舞著預料中的鵝毛大雪。鐵軌上的缺口覆蓋著這白色纖維的織物。

姨媽正在用一塊蘸過油的抹布擦拭扳道叉的螺絲頭，我走近她，抓緊手柄對她說：

『我走了。』

『幹什麼？不吃晚飯了？天都要黑了。』

『沒關係，我看了，才六點半……』

『可是你得天黑的時候才能到「魔鬼轉彎」……再說，你看看天，再過一個小時會有眞正的風暴。』

姨媽想盡辦法挽留住我。難道她以孤單不幸的女人特有的敏銳直覺已經預感到了什麼？她指出所有可能發生的危險。

『還有狼呢？你知道，牠們現在可不像秋天時那樣肚子都塡滿了。』

『我有梭鏢……還有點火把的東西。』

最後，她提到她以爲不可抵抗的誘惑。

『你都不想等西伯利亞火車了？』

『今天不等了，』我稍猶豫了一下，回答。再說，『要是雪眞的下大了，火車又會該死地誤點的。』

『這倒是眞的。』姨媽看到什麼也不能挽留我，就同意了。她往我的口袋裡放了幾塊餅乾，又遞給我一盒火柴——以防萬一。

我握著我的梭鏢——一根有鐵尖的木棍。我向姨媽做了一個再見的手勢。我沿著鐵軌走在火車的前面，在這列火車的一節車廂中有我的夢中情人。她還不知道我們的約會取消了……

泰加森林保持著幸福從容和慵倦懶散的表情。雪花織成的窗簾無聲的起伏使人的目光著魔。黯淡溫和的一個夜晚開始了……我強烈地感覺到它的美麗和生氣勃勃的期待！

空氣的每一個運動中都有女性的身影。大自然就是女性。輕撫我面頰的大團雪花帶來醉人的眩暈。寒鴉倦怠的長長叫聲問候著回暖。融化的冰霜給松樹淺褐色的樹幹覆上一層潮濕亮麗的光澤。

柔軟的雪花，鳥鳴，紅色潮濕的樹皮，一切都是女人。不知道如何表達對她的慾望，我突然發出可怕的野獸般的吼叫。

然後我喘著粗氣，聽著它長長的回聲穿過溫和寂靜的空氣，穿過泰加森林神秘的深處……

我踩著枕木，順著鐵軌走了一會兒。然後，當鐵軌蓋上更厚的雪時，我穿好雪鞋，衝進森林中。爲了抄近道，我決定去凱代。我再也不能等了。我應該馬上知道我是誰。做一點事情。給自己一個形式。轉變自己，重鑄自己。進行一次嘗試。特別是要發現愛情。面對那個美麗的女乘客，那個西伯利亞火車上一閃而過的西方女子。對，在火車到來之前，我應該把愛情這個深奧莫測的器官移植到自己的心裡和體內。

6.

沉浸在冬日慣常的黯淡中的城市，好像並未打算分享我的狂熱。滿載長長的雪松原木的大型卡車經過時，整個街道都在沉重地震動。男人出現在唯一一家賣酒的商店門口，把酒瓶放進羊皮襖。婦女兩手提著沉甸甸的購物網兜，邁著沉重的步子，裹著盔甲似厚重的外套。越來越猛烈的風把雪花甩在她們的臉上。她們騰不出手來擦掉雪花，只好不時低下額頭，擺動頭大聲吹氣，就像馬驅趕大胡蜂一樣。男人，急於用一口伏特加抹去一天辛苦的痕跡，女人，卻像暴風雪中的破冰船似的前進，想不出他們之間會有什麼聯繫。兩種毫不相干的人。而且，狂風一定是引起了電力傳輸系統的故障，街道的兩側一會這邊，一會那邊地陷入黑暗中。女人握緊提袋加快了步伐。她們之間是如此相像，以至於我以爲看到了同樣的面孔，好像，她們走錯了路，在這黑暗的城市裡轉著圈……

我也在這白色的狂風中足足遊蕩了一刻鐘。我不敢靠近一切都將由此發生的關鍵地方：火車站冷清的附樓。在那裡我可以遇見我要找的女人。我早就知道應該怎麼做。我和薩姆海一起看見過她。在從來沒有任何人等候任何人的候車大廳的附屬建築物裡，她坐在一排漆過的膠合板座位的盡頭。那裡有一個餐廳，女店員睡意朦朧地搬動茶杯和夾著奶酪乾的三明治。報刊亭總是關閉著，陳列架上積滿了灰塵。那女人不時站起身，靠近登有時刻表的告示牌，過分認真地研究它。好像在找一列只有她一個人知道的火車。然後她又重新坐下。

我們看見坐在她旁邊的男人給了她一張揉皺的五盧布鈔票。我們那時站在報刊亭前假裝很有興趣地研究好幾個月以前的舊雜誌封面。我們聽見他們簡短地低語，然後看見他們走出去。她長著暗淡的紅棕色頭髮，披著難看的鏤空羊毛圍巾……

我在無人的候車廳裡看見的就是她。我不自然地邁步穿過這段嘈雜的空間，靴子在光滑的地板上留下痕跡。她在那裡，坐在她的位子上。我驚恐的目光只記住了她頭髮的顏色。一串兩層的紅色珍珠項鍊從她敞開的秋天外套邊緣露出來。

我站近關閉的報刊亭，端詳兩位宇航員的照片，看他們燦爛的笑容，然後又轉向另一個封面上的勃列日涅夫的臉龐。這裡聽到的只有旁邊大廳的門嘎吱作響的聲音，還有夢遊般的女店員在餐廳裡收拾杯盤的叮噹聲。

我目光空洞地望著宇航員亮澤的臉孔，什麼也沒看進去，我所有的感官，像一隻昆蟲的觸角，探測著正在我和紅髮女人間編織的邪惡之網。候車廳裡平淡的空氣好像充滿了由於我們兩人的存在而產生的一種看不見的東西。我背後的女人默不作聲。她做作地認真聆聽擴音器低沉的廣播。她真正的等待。她栗色大衣下的身軀。那身軀裡早已注入我的慾望。在那裡的是一個我想要擁有的女人，而她還不知道。在這白雪的世界裡，她於我是那樣的獨特和可怖……

我費了好大的勁才離開報刊亭，朝她的方向走了幾步。但是，我的軌道不由自主地拐彎繞過她的座椅，偏向了大廳。我站到了時刻表前，心怦怦跳。西伯利亞火車是用大字母寫的，其他幾個地方的列車用稍小的字母標註著。

我忽然隱約感到一種無盡的悲哀，那個紅髮妓女每晚在這時刻表前都會體會到的悲哀。城市，時間，出發，到達。總是這唯一的一號站台。對，她好像每個星期都錯過這奇怪的火車。儘管，她經常站起身，那麼認真地查看時刻表。她豎起耳朵聽沙啞的擴音器。但火車出發時沒有帶上她……

站在告示牌前，在越過小廳的門檻前，我重新聚集力量。檢查我的帽子是否像樣地戴在我的頭頂——像成人那樣歪向一邊，在鬢角上方留出幾絡鬈髮。哥薩克式的。我摸了一下口袋裡已經被我燃燒的手掌握得微濕的紙幣。眞倒楣，我沒有五盧布的紙幣，只有一張三盧布的紙幣捲著兩個一盧布的硬幣，我擔心那紅髮女人只看到暗綠色的三盧布而用輕蔑的冷笑驅趕我。但是我不能把我所有的財富都攤在她的面前！一想到去換一張紙幣，我馬上就否定了；任何一個售貨員都會很容易猜到這倒楣的五盧布和什麼有關係。

我的短羊皮襖上繫著一條軍用皮帶——厚厚的皮子，銅扣上有一顆磨亮的五星——我像任何一個年輕的伐木工。這裡所有男人都穿的這種可笑的著裝掩蓋了我的年齡。再者，我有狼一樣的眼睛，灰色的，眼梢吊向太陽穴。那種天生的成人的眼睛……

我心不在焉地最後看了一眼某列火車的出發時間，轉過身。小廳玻璃門的把手凝集了我所有的恐慌和慾望帶來的狂熱。她身後的空間充滿了項鍊閃爍的鮮紅光芒……

我拉動門把手，不再兜圈子，筆直走向紅髮女人……我離她只有兩步的時候燈滅了……大廳裡傳來乘客的驚叫聲、咒罵聲、一個用燈驅散黑暗的工作人員的腳步聲。

我們來到站台上，她和我，在暴風雪模糊的白色中。這是唯一一個多少有點光亮的地方。那是西伯利亞火車的光亮，火車沉重地伸展著，停靠在站台上。火車頭喘著粗氣，蓋滿白雪，用它前燈的一條長長的光柱穿透白色的風暴。柔和的燈光透過車廂的窗戶在站台上灑下一個個長方形。旋轉的雪花奔向這黃色的長方形裡，像夜晚湧向路燈的光暈的蝴蝶。

在這站上車的幾位旅客已經進了車廂。下車的乘客已經淹沒在風暴中，淹沒在凱代彎曲的小巷中……只剩下我們，她和我。是沒有行李的旅客，準備好了一聽到汽笛聲就跳上腳踏板？還是送孩子的父母，決心等到最後一刻，直到親人面孔的最後一絲輪廓消失在夜色中？

我們感覺到背後的民兵索羅金令人生畏的目光，他的鼻子藏在羊皮襖寬大的領子裡，在覆滿白雪的站台上踱來踱去，他也在等待火車汽笛的響起。他好像在猶豫：去逮住那個紅髮女人勒索她三個盧布——她平常的進貢，還是去抓那個年輕的鄉巴佬，把他帶進煙霧繚繞的小辦公室裡，消磨一晚剩下的時間，嚇唬嚇唬他。使這個麻木遲鈍的傢伙困惑的是，我們是一對兒。我們意識到這個無恥的治安警察對我們構成了威脅，於是一點一點向對方靠攏。由於是兩個人，我們變得格外難以攻擊。特別是有我在保護她。對，是我保護這個穿著一件勉強夠得著膝蓋的秋天外套的高個女人。我手握著皮帶扣，挺起胸膛，注視著她也在看的那個發光的玻璃方塊。那個民兵沒能把我們分開，他在揣測，這個小鄉巴佬會不會是紅頭髮的侄子或是表兄弟？

新鮮的雪地上留下我們難以察覺地漸漸靠近的腳印。窗戶後面，一個密閉的包廂裡，一個女性的身影任憑猜測。夜晚靜悄悄的動作。一大杯需要很長時間才能吹涼的熱茶，一道迷失在把窗玻璃打得嘎吱作響的白色風暴中的目光。這目光不經意地停留在冷落的站台上灑下的兩個陰影身上。它們會在那裡等待什麼呢？

被汽笛聲喚醒的火車開動了，收回了我們腳下照亮的方塊。火車站又陷入黑暗中。我們沒有多長時間了……

在最後一節車廂的光亮中，我突然取出我的五個盧布。她看見我的動作，略帶倨傲地微笑著（她一定早就猜到了我在候車廳裡來回走動的意思），輕輕歪了一下頭。我不知道這意味著拒絕還是同意。我還是跟著她。

我們走了很久，穿過狹窄的小徑，沿著蓋滿雪的籬笆。風暴早已完全自由地展開翅膀，用力打著我們的臉頰，切斷我們的呼吸。我走在這紅髮女人後面，她一隻手拉著在下巴下面打了一個結的羊毛圍巾，另一隻手拽著外衣的下襬。我看著她偶爾露出的雙腿，猛烈的風聲震耳欲聾，強烈的慾望使我筋疲力盡，我什麼也不知道。『我們要去哪裡？』我用低沉、奇怪的聲音問自己。『這結實的雙腿掩藏著什麼感覺？還有那豐滿的大腿根，緊裹在黑皮靴裡粗壯的腿肚和過於單薄的外衣下的身體？是什麼把我和這身體連在了一起？這單薄織物下的軀體，我感到它的熱情已經深深滲入我體內……在這寒冷的夜空下，死氣沉沉的街道中，我爲什麼如此強烈地躁動不安？』

我們在這漆黑雪白的城市裡走了很久。在風暴中前進，和狂風、睏意做鬥爭。腳步的嘎吱聲，風擦過皮帽的颯颯聲，臉上融化的雪團在耳邊的嗚咽聲……有一刻，我聞到風中飄蕩著燃燒的雪松的味道，火的味道。我抬起頭，看看走在我前面的女人。一種完全異樣的目光。我突然感覺她似乎要把我帶到一個很久以來就在等我的房子裡，我眞正的房子，而這個女人是我最親近的人。一個在暴風雪中奇蹟般重新找回的生命。

那是小鎭盡頭的一間樅木屋，一個建築物蜷縮在覆滿雪的小院深處。紅髮女人——她從火車站就沒對我說過一個字——這時突然笑著用一種幾乎是喜悅的口氣說：

『我們到了，歡迎航海者！』

這聲音在狂怒的白色風暴和樅木屋內的黑暗的交界處產生一種奇怪的回響。一旦越過這個界限，她開始講一些慣例的對白。在那裡我才成爲她的男人，她的客戶。

我們穿過陰暗的入口，登上幾級在我們腳下嘎吱作響的台階。她推開門，輕輕拍打牆壁尋找開關，反覆按了幾下。然後詼諧地冷笑道：

『啊，蠢貨！整個城市都在玩捉迷藏，可我不想，來呀，開始轉吧，發電機！』

我聽見她打開抽屜，劃著火柴。整個房間被一支蠟燭的光暈照亮。一定是這搖曳的火苗破壞了我的視線。那些動作、語言、氣味都掙脫了顫抖的黑暗。一個一個地，沒有順序。只留下動作、語言、氣味的影子。

她的輪廓在牆上顯現——黑色的身影映在黃色的牆壁上——還有一個杯子，她把杯子中褐色的液體倒入嘴唇中貪婪地吸著。她又把杯子斟滿，遞向我。我認得這本地的飲料：摻著酸果蔓醬的白酒。如一道陰影滑過楓木屋光禿的牆壁，它滲透進我的身體，焚燒我的軟顎，使我體內一片黑暗。像從前一樣，我只看到一些碎片。蠟燭留在隔壁的房間，這些碎片慢慢褪去了，變得黯淡無光。一切都碎裂了。一道光芒；她的胸在我眼前突現，強烈可怕的白色。（我從來沒有想像過它可以有這麼大！）略帶黃色陰影的白色。這亮點馬上就淹沒於黑暗中，黑暗爆發的同時，床發出的金屬咯吱聲四處飛濺。另一個碎片：她紅色的大手，拉過被子蓋在我裸露的肩膀上，帶著荒誕的關懷和堅持。還有，床頭擱板上的一個陶瓷小塑像：

細長的芭蕾舞女演員和她的舞伴。我忽然那麼近地看見他們光滑的臉龐，呆滯的眼睛。

我們嗅著寒冷的煙味和香水的甜味在凹陷的床中所做的一切，不過是試圖把這些碎片重新拼在一起，但這種企圖是斷續和徒勞的。

出於偶然，因爲擔心沒有做一個男人應該做的事情，我抓住了一個沉重冰冷的乳房。它對抓緊住它的手指毫無反應。我放開了它，像把一隻死鳥放在草坪上。我用盡全身的重量去擠壓這個在黑暗中滑溜的身軀，試圖把它留在慾望的專一中。我的臉淹沒在紅色的鬈髮中。我又陷入另一個碎片——她頭髮中融化的雪滴。一個樣子簡單、磨損了的耳環，滑過我的嘴唇……

我曾經以爲愛情會像我和薩姆海在冬夜雪地裡打滾那樣刺激。只有那一刻，浴室的火熱和星星的寒冷閃電般地融合在一起。我曾經以爲沒什麼可接觸、觸摸和探查的，因爲所有的一切都燙手。而我將由內至外，整個變成感受這種難以描述的接觸的器官……

紅髮妓女大概猜出了我的尷尬。她沉重地叉開雙腿讓我滑到她的腹股溝中。她的身體聚合，繃緊。她的手深入我的腹下，抓住我，使我陷進了她的身體。一個準確、靈巧的動作。她好像在配合我，把我和她的肉體連接……然後，她輕輕地挺起身，搖晃我，引導我的動作。

我在她粗壯的大腿間扭來扭去。我緊緊抓住她的乳房，它們柔軟、怠惰，順從地聽任擺布。我的腹部好像在她肚子下面擴開了一個溫暖的黏糊糊的大傷口。

愛情的實質就是這樣的：滑溜溜、黏糊糊的。而沉重的情人在那裡喘息。就像每個人都在費力牽引對方的身體……但是在哪裡？

所有這些我都是後來才明白的。當我從深陷的床窩中，從彌漫著冷氣的樅木屋中逃出來後，當我在狂風中弓腰狂奔時，我又看到了這些。兩個可怕的耳光使我雙頰灼熱。那個紅髮妓女沙啞地驚呼著給了我兩個耳光，仇恨地看著我。

我跑向跨越奧雷河的大橋。我衝進了白色的雪塵，不去考慮我要做什麼。一切都清晰得無法思考。站在橋上，一切清晰得如我腳下展開的白色深淵。只有在這深淵中才能逃避紅髮女人的目光。她的目光和被稱爲愛情的可怕糟糕的東西。我翻過欄杆，讓自己逃離越來越清晰的影像……

這影像突現於那一刻。當我在她巨大的身體上焦躁不安地擺動時，燈亮了。眞荒唐，來電了。一個大燈泡使房間凝結在蒼白的驚愕之中。紅髮妓女瞇縫起眼皮，皺緊面孔，一副厭惡的樣子。我看著這寬闊的面孔。濃妝的面具。殘敗的脂粉。閃爍的毛孔。我感覺到她在強烈的光線下毫無防備，掉進了突然來電的愚蠢陷阱裡。我也同樣掉進了這個陷阱裡。我的目光無法移開。那個面具鎖住了我的目光。我在和這痛苦的鬼臉相距數厘米的地方掙扎。我對這面孔有一種奇怪的憐憫，我的慾望就在這一刻破裂了。

不知道我經受的是恐懼、憐憫、愛情，還是厭惡？這帶著感人的奇怪表情的面孔，呼著甜淡酒氣的紅唇，閃著水滴的暗紅色頭髮……還有我肚子裡強烈扭動的痙攣——這一切歪曲地複製了我們在奧雷河邊的雪地上夜色裡的心醉。

我只能隱約看見綴滿星斗的黑色天空發散出的光芒……紅髮妓女重新放下她的大腿，輕輕把我推開。把我同她的身體分離……

這裡沒有浴室的濕熱，無法讓我恢復體溫。沒有薩姆海的雪茄令人陶醉的味道。無情的燈光，有著麵粉一樣生硬的白色。我看著紅髮女人起身，站在房間中央。她的裸體使我驚恐。特別是她的後背。我希望她去關燈。但她開始穿衣服。她的身體費力地迎合著穿衣服的動作，笨拙地左右搖擺著。她扣鈕釦的時候，我隱約看見她被衣服襯出的輪廓。她的嘴唇慢慢抖動，好像在對自己無聲地說著什麼。她的眼皮沉重，還帶著睡意。酒精的作用在漸漸蔓延。

終於，她轉過身，可能是催我快點。我們的目光交會。她睜圓了眼睛。她看見了我！她的嘴唇顫抖。她的大手掩在嘴上，抑制住了驚叫。只聽到一種被扼住的低沉的聲音。

襯衫的釦子才扣了一半，她就衝向一個小櫃子，猛地打開它，拿出一個瓶子。然後，沒有一句解釋，她坐在了我旁邊的床沿上，掀掉被子。我沒來得及反應。她往手心倒了一點我以爲是水的東西，然後開始使勁摩擦我的陽具和下腹。我目瞪口呆地任由她擺布。摩擦使我皮膚火辣辣的。原來那是酒精……那女人不時丟給我一個我不明白的眼神。既憂傷又憐憫。當烏德金的媽媽看著她的兒子一瘸一拐地穿過院子時，我在她的眼裡見過這樣的眼神。

況且，也沒有什麼要明白的。我的生活根本就不是爲了思考。同樣無法理解的酒精的灼熱感還是比較受歡迎的：它迎合了在我隱蔽的深處漸漸散開的醉意。

這種醉意把我從驚恐中解脫出來。我所經歷的都不合邏輯地成爲自然。這個紅髮女人，放回酒瓶前，斟滿了印著她口紅印的杯子。燈光又重新熄滅了。她拿來蠟燭的同時帶來了一包舊照片……

一切都很自然。這個襯衫半敞的高個女人坐在我的身邊，把那些黑白照片攤開在被子上。她無聲地哭泣著，嘟囔著我聽不見的解釋。我不是在看照片，而是在感受褪色的圖像。照片上幾乎總是一個年輕的帶著笑容的婦女，逃避著刺眼的陽光。她的懷裡抱著一個很像她的小孩。有時候，他們身邊有一個男人，穿著早就沒人穿的肥大褲子和開領襯衫。在搖曳的燭光下，我探查過去的日子，呼吸著那時的空氣。在河邊，在森林裡。他們的目光，他們的笑容。一家人的和諧默契。我情不自禁地體會這陌生人的幸福。

紅髮女人伴著沉默淚水的敘述總是使我想起那個天堂般的夏天。後來，是集中到發黃的照片上的炎熱命定的消散。有人走了，消失了，死了。迫使年輕姑娘瞇起眼睛的耀眼陽光幻化成夜晚積雪的凱代火車站上列車迷惑人的光暈……

這些照片的邊緣都被精心加工過。加工照片的人大概夢想著有朝一日，這些將珍藏於相冊裡的照片能把他帶回到昔日那個漫長的家庭故事中去。我拿起一張照片，輕撫帶花紋的邊緣，我感到臉上拂過那些陽光燦爛的日子裡的輕風，聽見年輕姑娘的笑聲，孩子的吵鬧聲……

蠟燭的光芒延伸，閃爍，風暴在煙囪裡大聲搏鬥，鮮艷的火苗使黑暗充滿了溫暖、沁人心脾的芬芳。醉意把這一刻同過去的時光分離。紅髮女人的樅木屋變成了我重新找回的房子。這個女人坐在我身旁，離我那麼近，但又彷彿並不存在……

看完照片後，那女人透過模糊的淚眼勉強對我笑了一下。她閉上眼睛靠向我。我猶豫著用手輕撫她的肩。一切都在我年輕酒醉的頭腦裡混合。這女人的身體，這暴風雪的夜晚，這一刻火的味道……還有這重新找回的心靈。我希望緊緊纏住她，活在她身體的影子裡，伴著她輕聲嘆息的節奏。我希望時間在這一刻停滯。

她的下巴貼著我的額頭。我的手輕輕掠過她襯衫的領子，碰到了她的胸脯。我閉上眼睛……

她猛力推開我。我看見牆上一個黑影迅速地擺動。我的臉被兩個沉悶的耳光打得顫抖。我清醒了過來。

她站起身，陰沉著臉，嚴厲的樣子。

『我……這……』我結結巴巴，完全不知所措。

『趕緊給我從這兒滾，小混蛋！』她的聲音嘶啞、沮喪。

然後，她一把扔過我的衣服。

我沒有馬上跳進白色的深淵，因爲當我站在橋頭時，才發現我已經不存在了。不再有人可以被扔進冰凍的河水。

存在的是一個過去的影子——一個貪婪地尋找一切愛情片段的少年，一個在工人食堂裡窺視粗俗的伐木工脫口而出的色情秘密的哨兵。一個難以辨認的影子。

還有另外一個，就在不久前，在一個陌生女人的大腿間掙扎，眼睛盯住她不堪燈光無情重負的面孔。他同樣陌生。

那個剛剛看完舊照片的人，是我從不曾見過的另一個我……

我站在橋上，另幾個『我』的碎片在黑暗中被風雪吹散了。狂風猛烈，好像要把短大衣裡的一點點熱氣從我的身體裡掏空。我感覺不到我的嘴唇，感覺不到蓋著冰晶的兩頰。我不再是我。

不幸和瘋狂，都有著自己的邏輯……

就是順著這個邏輯，橋突然亮了起來。光亮來自一輛夜行貨車的大燈，愚蠢的貨車來得不合時宜，令人措手不及。那司機應該駕車全速開過橋，跟隨著黑暗的目標消失。但他突然煞住車。因爲，確切地說，除了暴風雪夜晚裡荒唐的行程，他就沒有目標。只因爲他有一點醉。醉意和疲憊。他剛剛藉著昏暗的路燈，在酒鋪的台階上打了一架。路燈熄滅了，他甚至沒法還擊那個用酒瓶碎片割破他臉的傢伙。兩人在黑暗中互罵著分開了……

現在，千萬不能停。車燈兩個黃色的點是唯一的光源，轟鳴的馬達是唯一的熱量。醉酒的心跳和馬達的跳動。儘管下著雪，天地還是一片黑暗。

貨車在橋頭突然停住，司機在冰天雪地裡瞥見了一個小小的生靈。他看見欄杆後面一個凍結的影子，緊緊抓住鐵杆，似乎在等待最後一絲光亮消失。一旦這凍僵的手指鬆開……

或許，僅僅是因爲，他瞥見這個孤單的身影，模糊的思維幻想這是一個女人。一個應召女郎，可以和那半瓶藏在座位後的伏特加一起使他快樂的女人。一個妓女，她的整個生活就是在夜晚的橋欄邊這樣搖晃。一個可以放在後面狹窄的長椅上供他揉捏的身體。一個可以『搞』的女人。

或許，他在揣測這個陰影的同時，責備自己不該有這些想法，他甚至對這個凍僵的姑娘生出些憐憫，想把她拉進駕駛室。

或許……眞難猜測這個醉醺醺、結實粗壯的西伯利亞貨車司機腦子裡在想些什麼！他的兩個小臂上刻滿紋身（船錨，墓碑上的十字，胸脯碩大的女人），一邊臉上殘留著凍乾的血跡，灰色的眼睛裡閃著憂傷，他使勁睜大醉眼好看清前方的路。

他看見一個影子，想像著一個展開在長椅上的輕佻的身體，下腹好像感覺到愜意的沉重。他感到憤慨：生活的全部就被這沉重左右。吃飯、泡妞、流血！

他踩了煞車，跳到雪地上，把車門砰的一聲關上。他從車側面的欄杆邊緣攏起一個雪球擦了擦臉，朝陰影走去。三步以外的東西無法看清。雪浪密集得讓人以爲是大地在搖晃，翻倒在奧雷河。司機拍了一下那個站在欄杆後面、河流白色的深淵上面的人的肩膀。然後向下看了一眼，瞪大了眼睛。是空的，令人暈眩的彼岸那看不見的界限。他拉緊蓋滿雪的短大衣的領子，把那人從欄杆拉過。

『你在這兒幹什麼？』他一邊拉著重負朝卡車走，一邊問。『你在哪兒醉成這樣，蠢貨？我像你這麼大的時候，已經在工廠裡拚命幹活了！你們，現在就知道飽口福。』

陰影一聲也不吭。而且，這貨車司機更像是在自問，他此時正想著其他的事情。想著無名的深淵，他在夜晚剛剛碰見的孤影，還有這冰冷的陰影輻射出的微弱熱氣。

他在駕駛室裡還繼續說著。暴風使他清醒了，使他變得饒舌。當搖晃的道路使我慢慢地從昏死的陰影恢復過來時，最先感受到的就是這些黑夜裡的隻字片語。

我暖和過來了，又成了我自己。我應該背負我的新身分。那些難以辨認的陌生人又重聚到我的身上：幾天前的童男，成人秘密的窺探者，用陽具刺破一個妓女腹部的年輕狂熱的身軀，暴風雪中等待最後的腳步，等待凍僵的手指最後鬆懈的身影……所有這些，都曾是我！

男人問我住在哪裡，從我不聽使喚、直打哆嗦的嘴唇裡猜測我的回答。我看清他的臉。他的臉充滿寒冷、酒氣，剛剛挨過的打擊。他的手腕粗壯多毛，手上閃著傷疤的光澤，手指粗胖，手指甲又寬又硬……

還不能完全思考的我感受到：我現在就像他，對，處在他的位置，除了此許差異之外。我多年等待的人生轉折時的無限喜悅，被殘酷的失望所代替！就像他……不久將是同樣刺著花紋的手握著重型卡車的方向盤，同樣的面孔、同樣的酒氣。特別是同樣的關於女人的經歷。我斜視著他粗壯的胳膊，猜測它們在分開女人的大腿時會有多大的力氣……那個紅髮女人！我覺得有什麼東西在我身體裡震顫：他肯定『搞』過她。在我之前……

『你幹嗎這麼斜盯著我看？』他注意到我尖利的眼光，咕噥道。『反正我們沒法更快了，你沒看見這路？』

刮雪器每滑動一下，都刮掉厚厚的一層黏雪。好像只有泰加森林在引導貨車費力地在暴風雪中行進。

我轉過目光。無需再看這個男人：再過幾年，我就將是他的翻版……

現在，我準確地知道將會發生的事。我們的生命只剩下幾分鐘了！

我等待著魔鬼轉彎。醉成他這個樣子，司機一定會失誤。我已經看見一道長長的歪斜的滑痕，猛烈徒勞地轉動著的方向盤，我聽見發動機無力的咆哮著呼不出氣。由於奧雷河床溫熱的水流，冰上留下的黑色車印在這個地方總是很細。

我緊張地咽著口水，仔細地觀察路面。我好像左輪手槍裡待發的子彈。瞬間閃過的危急念頭，灼熱的畫面把緊張帶到了極點。那雙握在方向盤上的手曾經緊按紅髮女人的胸脯。我們兩個都曾經被她下腹同樣的微濕傷口黏住。我們兩個將總是在無盡的西伯利亞邊緣狹窄的空間裡掙扎：首府死氣沉沉的街道，散著柴油惡臭的貨車駕駛室，被洗劫後支離破碎、充滿敵意的泰加森林。那個人盡可夫的紅髮女人。把我們和世界隔離的暴風雪。擠在狹小駕駛室裡的兩個骯髒的同性肉體將要消失。我一隻手緊抓著另一個手腕，指甲都變白了……

司機停下車，笑著對我說：

『在那個該死的轉彎前得方便一下……』

我看見他打開車門，下了台階，開始解棉褲的鈕子。我的等待如此瘋狂，我從他的微笑裡領會到另一種含義：『嘿嘿，怎麼樣，小毛孩子，你以爲我會上你的當和你一起去那個該死的轉彎？我可沒那麼傻！』

我明白了，這黑暗荒唐的世界被另外賦予了一種多疑陰險的狡詐。通過自殺而毀滅它不是那麼容易的。當這個世界在剃鬚刀片上滑過時，它懂得帶著老好人的微笑突然停止。『你說一個紅髮女人？床上展開的照片？第一次愛？孤獨？看著，我要解開褲子然後衝著你的第一次愛情和孤獨撒尿！』

我跳下卡車，沿著車輪的痕跡，向相反的方向奔跑……

和我期待的相反，我沒有聽見男人的叫喊，也沒有聽見發動機的聲音。沒有，司機沒有叫喊，沒有追趕我，沒有掉頭挽救我……我在二十幾米外的地方停下，再也看不清卡車的輪廓，也聽不見任何聲音。除了紛繁的白色和雪松樹枝間狂風無情的呼嘯聲，什麼也沒有。卡車消失了！我重新上路，我問自己，紅髮女人、橋、醉醺醺的司機，這些是否是一個夢。那是不是一種譫妄，就像一天我患了猩紅熱時出現的精神錯亂一樣……甚至我跟隨的車輪印都漸漸模糊，不久就要消失……

我重又站在凱代黑暗的大街上。我不由自主地向火車站走去。我走進暗淡的大廳。主要是暴風雪的白色反射使這個冷清的空間充滿了不太眞實的光芒。

我靠近大鐘。十點半。西伯利亞火車九點鐘已經發車了。我驚訝得無法做這個簡單的運算，其結果使我震驚。所有這一切都只用了一個半小時！報刊亭前無休止的等待，紅髮女人的樅木屋，她的身軀和被稱爲『愛情』的痛苦，我的逃亡，橋上永恆的冰雪，醉酒的卡車……它的消失，我的回歸。

然後，彷彿爲了增加我所經歷的一切的不眞實性，一個聲音在我身後響起，大概是副站長，在向一位旅客說明：

『您知道，雪是不會很快就停的……您看，就連西伯利亞火車也不得不回來了。它差點開不出站，鐵軌上都積了一米深的雪了……』

我推開玻璃門，來到站台。躺在那裡的一堆車廂就是西伯利亞火車！値班員藍色的身影映在每節車廂的天花板上，窗戶閃爍著微弱的光芒。透過玻璃上的霜花可以猜測窗內此時安靜的舒適。美麗的西方姑娘還是準時赴了我們的約。我記得她，或者，確切地說，記得以前在扳道工的樅木屋旁的窺探；我的記憶如此強烈，以致這晚所發生的一切最終都變成了一場特別逼眞的幻覺。我回到了火車站，只擔心我的感覺不是眞實的。這樣就什麼都沒有發生過了。沒有……什麼都沒有！

對面通向車站前廣場的門打開了。在大廳昏暗的光線下，我看見一個女人走進來，迅速地向四周掃視了一圈。她穿著一件秋天的外套，戴著一條寬大的羊毛披肩。她向我走來，好像我在那裡是再自然不過的事了。我看著她走近。她的臉好像已經沒有了。她沒有化妝、褪了色的臉——不知被雪還是淚水洗掉的——只是一幅輪廓模糊的水彩畫。她的臉上只有一種表情：明顯的極度痛苦和疲憊。

『走，你今晚在我家過夜。』她的聲音平靜卻無法違抗。

7.

在夢裡，昏昏欲睡的車廂走廊通向一間包廂，這包廂像是扳道工的樅木屋更小的複製品。好像這小房間是走廊的一部分，棲息在鐵軌上，等待不可能的出發。在這離奇卻又那麼正常的包廂裡，一個女人坐在窗前的小桌旁。黑暗的夜色中，窗後的她好像在看著窗外。不是爲了看厚厚的冰霜掩蓋了什麼，而是不想看見她身邊發生的事情。在小桌中央，一個多肉、驚人的鱗莖被切成兩半。可以看見裡面有一個由半透明的葉瓣組成的繭一樣的東西，那些葉瓣一片一片精巧地合攏在一起。像是一個嬰兒被細心地包裹著。我應該展開那些脆弱的葉瓣，同時又不能引起沉默的女乘客的注意，但我不知道爲什麼要這樣做。我凍僵的手指，笨拙地撫弄那個繭，絲一樣柔軟光滑的紡錘體。我已經預感到出現的將會是一個看上去很痛苦的東西……我越是小心翼翼地努力，因這個發現而起的焦慮就越是強烈。我將會看到一個有生命的東西，我的好奇心將危害它的誕生，而如果不剝開葉瓣，就無法看到它的生命。我在打開鱗莖的時候就扼殺了它，但是沒有我冒險剖開繭，它就不會存在。在夢裡，我動作的悲劇影響並沒有表現得這麼清晰。是慢慢萌發的令人心碎的喊叫把它表達了出來。這喊叫直達我的喉嚨——生硬，被勒緊的喊叫。我的手指毫無分寸地剝開葉瓣。這時候，坐在窗戶旁邊的女人慢慢把頭轉向我……喊叫迸發了出來，晃動我，喚醒我……

我看見蠟燭的光暈和那紅髮女人的臉龐——寧靜、平凡的橢圓臉。她的手輕撫著我的額頭。

看見我醒了，她衝我微笑了一下，吹滅了蠟燭。我迅速閉上眼睛。我希望在她拿開手之前能再入睡……

早上，喝過茶，她用平淡的語氣對我說一件好像只是平日的一點小事：

『雪一直埋到了煙囪。已經十二點了，看看窗戶，還像深夜。』

『我來挖一個通道！』我滿懷喜悅地喊道。『我會做。你看著——』

『不，不用！你就給你自己挖個洞，然後你就走……』

我沒有爭辯。我明白了我的喜悅是多麼愚蠢。該走了。快。別再回來……

我把雪鞋繫在腰帶上，開始向門外的雪牆衝擊。我變成了鼴鼠、蛇、海豚。我挖洞、鑽孔，沉浸於其中。我在白色的雪塊中晃動，我沿通道逆流而上，隨著我與木屋間距離的加大，通道變得越來越陰暗。雪水流到我的背上，刺激得我更矯捷地前進。我張大嘴呼吸稀薄的空氣，吞下刺人的冰雪射流。我的睫毛凍住了，因爲掛著細小的冰晶而變得沉重。有一刻，我感覺迷失了方向，分不清上下。就這樣，我在這空氣越來越稀薄的雪堆中水平地匍匐。或者，更糟糕，我深陷其中。這種暫時的恐慌對於在暴風雪後開路的人幾乎是不可避免的。我的心顫抖著。我痙攣似的歪歪斜斜向上爬。我向著陽光攀登，好像一條魚逆瀑布而向上衝……

隨著響亮的劈啪一聲，我的頭頂破了薄薄的冰層。

頭暈目眩的我平躺在光滑耀眼的冰面上。陽光照耀的空氣清新得好像和我以前呼吸的完全不同。因回暖而復甦的天空為逃避日光的注視變得更高遠。泰加森林的沉靜使一切細小的噪音都聚集在我身邊，那些因我而起的噪音——我肘彎下雪的摩擦聲，我貪婪的呼吸聲，從我的帽子、衣領上跌落的雪塊響亮的滑落聲……

只能看見凱代城幾個昏暗的小點：最高的屋頂。還有幾條直線：被淹沒的沉睡在鐵軌上的火車。順著從煙囪中升起的白煙，我辨清了道路。那些小黑點是在白煙周圍忙著清理道路的居民。

我剛剛離開的小屋在首府外，泰加森林的邊緣。它的煙好像在一片空曠的原野上升起。在一個覆滿積雪的樺樹枝上，我看到一個用做鳥巢的小屋。

我穿上雪鞋，靠近這個孤獨的煙囪，對著那個有黑色鐵帽保護的出口大喊一聲。按照慣例，給留在屋裡的人一個信號……我聽見火爐門嘎吱的響聲，然後是好像從地底發出的回聲。像一聲漫長的嘆息消散在暴風雪後眩目的明亮中……

我穿著雪鞋靈巧地跑過通向奧雷河的谷地。半醒半睡的泰加森林遠遠地跟著我。巨大的松樹覆蓋著白雪，樹影中閃爍著淡藍、透明的銀色光芒。樹頂上好像撒滿了金屑，在陽光下熠熠生輝。

我不時向後看一眼。原野上的那一柱煙總在顯示那座隱藏的樅木屋，那個埋在雪下的房間，搖曳的燭光，那房間裡仍保留著昨夜的黑暗。靜謐的雪堆下一個不真實的夜晚……那個紅髮女人！

我停了一會兒。注視著淹沒在陽光裡滿是水晶的原野，無邊的天空散發藍色的清新，泰加森林的影子閃著波光。遠處，那束白色的炊煙，孤獨地夾在其中……突然，一個無法忍受的清醒使我明白：我不得不在品味這美麗的同時，也品味這美麗中掩藏的痛苦。雪會化的，凱代還會變成一個黑色的小城市。西伯利亞火車將逃離它，去追尋被耽擱的時光。而那個紅髮妓女還將回到候車大廳。生活不會有另外一種方式。

巨大的雪丘懸垂在奧雷河上，我沿著河流廣闊的曲線跑了一會兒。

我跑到那三棵傳說在內戰中吊死人的雪松旁，驚呆了。我早已習慣了仰起頭看的那些生鏽的釘子，今天早上卻一伸手就搆得著。眞的，它們就在那裡，在我的眼前。我摘下手套，靠近去觸摸那棕褐色粗糙的釘子。漫長歲月裡積累的寒氣慢慢刺透了我的手指。我的手迅速縮回。我撫摸樹幹粗糙的鱗片。那裡好像隱藏著昏沉沉卻又充滿活力的熱量。突然，那些過去曾在這些樹下發生的事情——殘忍又迅速的死亡——不再那麼令我生畏。先是一下劇烈的疼痛，接著就是陽光照耀下寧靜的空氣，神秘困倦的一生就這樣完美地融合在粗壯樹幹的呼吸中，融合在簇簇針葉粗澀的味道中，融合在凍結在樹皮凹槽裡的樹脂閃爍的光芒中。沒有思想、沒有回憶的一生。遺忘。

我攥緊這根粗大的釘子，把我全身的重量都壓在上面。我眯起眼睛，試圖進入那狹窄的空間，是它把我和樹幹幸福的平靜分離……

突然，我眯縫的眼睛看見：岸邊有兩個黑點沿著雪丘藍色的峰頂走來。很快，他們就到了與三棵雪松平行的位置。他們跑下雪丘，穿過奧雷河。他們細小的身影越來越清晰。第一個邁著大步，不時停下來等第二個人。我認出他們了，同時被他們鄉下人的幼稚樣子所震驚。在他們那越來越清晰的步伐、羊皮襖和臉龐裡有一種幼稚的東西。他們帽子的護耳像狗的耳朵一樣擺動。他們正繞過森林的轉彎處，馬上就會經過我的身邊。我想逃走。藏在大雪覆蓋的冷杉林深處。我知道我再也無法回到他們的生活裡了……

但是，跑在前面的薩姆海已經看見我了。他刺耳的驚叫打破了寧靜。他向我走來。微笑，問候，逗弄。他們友好地拍著我的肩膀。講述村子裡的新聞……『這群孩子，』一個聲音在我內心深處響起，『真是孩子，無憂無慮、輕鬆自在。』

我簡直無法想像，就在昨天早上我們還一起在學校裡。就在昨天，我還像他們一樣。

『你的舌頭被咬掉了還是怎麼了？』薩姆海說著把我的帽子向下拉到眉毛。『烏德金，你看他，不再是唐璜，變成了一頭沒睡醒的熊。』

我的淚水湧上眼眶。我眞想大聲喊出我的嫉妒。重新和他們一樣。像風一樣輕鬆地跑過平原，像陽光照耀的空氣一樣透明，像泰加森林的呼吸一樣清新。天眞無邪！

薩姆海大概看出了我痛苦的表情。他轉過身向前奔去，看都沒看我一眼，說：

『快，別耽誤時間了！要不然，就沒位子了。快點，林中的睡熊！』

我不自覺地跟在他們後面，甚至沒有問要去哪裡。

跑了一個小時之後，我發現薩姆海開闢了一條歪歪斜斜的路線，不去凱代而是向著遠處懸掛在泰加森林上空的那片灰雲——向著城市，向著涅爾羅格——的方向走去。

『還得走兩個半小時，』我惱恨地想，『我爲什麼要跟在他們後面？這個城市裡有什麼我要找的嗎？』

他們現在並排走著，聊著天。在那個跟隨他們移動的小世界裡，一切都是那麼燦爛，平靜從容。我的目光像從黑牢裡射出。薩姆海不時回頭用一種快樂的語調對我喊：

『快點，狗熊，動動你的大爪子！』

我對他們不僅懷有一種嫉妒，還有一種仇恨的鄙視。特別是對薩姆海。我記得他在浴室裡關於女人和愛情的長篇大論。他沒完沒了地引用奧爾嘉那個老瘋子的話。怎麼說的來著？『愛情是一種和諧。』多愚蠢呀！我的好薩姆海，愛情是一個充滿寒氣的樅木屋。是燈泡強烈的黃色光芒下兩個赤裸的身體可怕的孤獨。是在微濕的床窩裡搖晃我的紅髮妓女的腹部，是我最後從她身上滑下來時拂觸到的冰冷的膝蓋。是她臉上模糊的容貌。是她沉重的，被無數隻滿是老繭、缺乏理智、倉卒的手拉扯過的胸部。就像我那個幽靈般的卡車司機的手——佈滿傷疤，沾滿油污。哎，薩姆海，要是你看見了！在迎戰魔鬼轉彎之前，他煞了車，解開褲子，用手掏出那團巨大腫脹的肉，簡直稱得上是一大塊溫熱、鬆軟的生肉。愛情，你說得倒好！……你會像他一樣，儘管你有雪茄，有奧爾嘉告訴你的那些無稽之談。你逃不掉的！我也不行，甚至烏德金也不行。我們將會待在首府，那裡沒完沒了的鬥毆只有當路燈在暴風雪的狂風中熄滅的時候才會停下；我們將會待在村子裡，那兒唯一的回憶是三十年前那場把一切都變成回憶的戰爭；我們將待在那個火車站，那裡有我們唯一可以愛的女人等待著從未把她帶到過任何地方的西伯利亞火車。這個世界不會放過我們……你們兩個在陽光照耀下的小圓圈裡邊跑邊笑。而我，你們看著吧，我知道怎麼逃走。我會……我停了一下，他們的身影帶著響亮的聲音離我越來越遠了。我想像著那些釘有粗壯鏽釘的雪松。那最後的安靜，沒有退路的逃亡是如此接近。那是多麼美好呀！

『于安，你都不問問我們進城要幹什麼？』

薩姆海的聲音突然響起，把我拉回了現實。

我憋了許久的話在這一刻爆發了：

『你們能幹什麼呀？像個可憐的低能兒似的去郵局聽接線員說：「對不起，請問哪位要接通新西伯利亞？二號電話間！」哼，新西伯利亞，你們兩個垂涎已久了！』

薩姆海沒有惱火，反而笑了起來。

『烏德金，你看，狗熊醒了！哈哈！……』

然後，他向同伴眨了一下眼睛，宣布：

『我們要去看……貝爾蒙多！』

『貝爾蒙都。』烏德金笑著更正。

『不對，貝爾蒙多！你住嘴，小鴨子，你根本就不懂電影！』

是泰加森林的空氣使他們興奮起來。因爲他們開始大笑，叫喊這個不可思議的名字，聲音越來越大，每個人都堅持自己的發音。薩姆海把烏德金推倒在地上，仍然叫喊著那四個清脆的字。烏德金反抗，抓起雪扔向薩姆海的臉：『貝爾蒙都！』

『貝爾蒙多！義大利語說貝爾蒙多……』

『他是男的還是女的？』我被結尾的那個中性字搞糊塗了，一本正經地問。

他們的笑聲更大了！

『啊！薩姆海！你聽！要不是一個女的，他就不跟我們去了！哈哈！……』

『對，對，是一個女的，于安！長著鬍子……還有……還有一個大……一個大……』

薩姆海的話說不下去了……他們像瘋子一樣的笑著，在地上用四肢爬著，沒有脫下的雪鞋使他們的腳扭曲著。這個名字在泰加森林深處發出奇怪的回聲……

他們以爲一定是笑聲征服了我。我也倒在他們身旁的雪地上，瘋狂地晃動我的腦袋突然大笑起來。是的，這笑聲可以讓我痛快地大哭一場……

然後，當我們瘋狂的笑聲最終停止時，當我們三個人都平躺在陽光照耀的空地上，仰望藍天時，薩姆海衰弱顫抖的聲音輕輕說道：

『貝爾蒙多！』

第二部分

8.

救我的是一條鯊魚……

如果換了另一種影片的開頭，我會跑出電影院，鑽到第一輛開過來的卡車輪子下面。在發動機震耳欲聾的轟鳴聲中重新找回雪松裡寂靜的幸福……

是呀，這部電影完全可以以一個女人爲開始，出字幕的時候是一個女人走在大街上——一個女人『走在和命運偶遇的路上』……或者是一個坐在汽車裡的男人，用他鎮靜的面孔吸引仍然漫不經心的觀眾。或者是一個全景……可是開頭的是一條鯊魚。

不對，我們先看見一個男人，臉上帶著狐疑的神情，淺色的衣服上滿是皺褶。在地中海邊的一座城市的陽光大道上，試圖和路邊一個電話亭裡的人碰頭。他焦慮地掃視著四周，手心裡攥著一個微型話筒。他沒有多少時間，因爲在湛藍的天空上出現了一架直升飛機……飛機固定在電話亭上空，落下幾個大鉗子，把電話亭抬到空中。裡面那個不幸的間諜搖晃著電話亭，竭力要傳遞那條絕密消息……但是那些巨大的鉗子已經鬆開了。電話亭掉了下來，落入大海沉了底，水下的兩個潛水員靈巧地把它裝進了一個籠子裡。間諜利用最後幾口氣轉向籠門……他居然還能掏出手槍，扣動扳機。產生了一串可笑的氣泡……

一條大鯊魚，我們猜牠是餓急了，牠的鼻子衝著間諜的肚子，衝進了沒在水裡的電話亭。海水被染紅了……

一會兒，貝爾蒙多出現了。那個一定是他上級的人詳細地向他講述他同事的悲慘結局。『我們總算找到了他的殘骸』，他的語氣特別沉重。接著，他展示了一個罐頭……鯊魚罐頭！

這眞愚蠢！不可思議的愚蠢！絕對不可能！簡直瘋了！

我們無話可說。只能接受並且這樣經歷一回。就像我們的生活那樣。

電影之前有一段新聞。我們三個人坐在最無人問津的第一排座位，可是我們到的時候已經沒有別的位子了。甜膩又誇張的畫面外的聲音在介紹當日的政治事件。我們先看見克里姆林宮一個輝煌氣派的大廳，一個穿黑色制服的老人正在給另一個老人的胸前佩戴勳章。『在國家和人民面前表彰格羅姆金同志爲緩解國際緊張形勢所做的貢獻，同時慶祝他的六十五歲生日。』畫外音激動地宣布。那一排穿黑色衣服的人都開始鼓掌。

接著出場的是一位穿圓點緞子短裙的婦女，以一種無法想像的快速在一百餘個高速旋轉的線軸中間忙碌著。她停下工作，刺耳的聲音宣布：『我現在開一百二十架織布機，但是爲了慶祝我們親愛的祖國七十華誕，我正式決定提高到一百五十架織布機。』然後，我們又看見她靈巧的手指在紡線和紡軸間滑動。我甚至覺得她現在從一架織布機到另一架織布機時跑得更快了，好像她現在已經準備好了要打破紀錄……

放映電影之前，將要熄滅的燈光再亮了一次。薩姆海推了一下我的胳膊肘，遞給我一把炒瓜子。我把它們攥在手裡，思想還未從完全佔據我的麻木中走出來。『她要開一百五十架織布機，然後就該是一百八十了吧……』我感覺這個創紀錄的紡織女工和富麗堂皇的克里姆林宮，與我們黑漆漆的首府和紅髮女人等待的西伯利亞火車被神秘地連接在一起……我決定一旦燈光熄滅，我就把瓜子扔到地上，躲到重型卡車一過就搖晃的街道上去。對，第一個畫面一出現：將會是一個女人走在和命運偶遇的路上，或者一個坐在汽車方向盤前的男人……

可是，是一條鯊魚！一個罐頭裡裝著間諜被消化的遺骸，這個荒謬大概是唯一的一種方法把我留在了生命脆弱的邊緣。對，就得是這麼怪誕的一件蠢事把我從現實中解脫出來，扔到地中海邊的大道上，進入那個沉入海底的籠子，一個驚人的壯舉即將在那裡發生。應該有一個特工被一條鯊魚吞食，然後在罐頭盒裡被發現。

然後，在那條大道上還是有女人的。特別是那兩個人，穿著迷你裙，無所事事，雙腿曬成了古銅色，她們的身體把那個電話亭遮住了一會。

啊，這神奇的大腿！它們隨著兩個年輕尤物扭動的腰肢在螢幕上移動。在地球上某些寒冷的地方，如西伯利亞、涅爾羅格，還有那用鐵絲網遮蔽太陽運行的勞改營，曬黑的大腿是根本不可能出現的。那大腿沒有對人說教的企圖，卻以罕見的說服力展示了另一種沒有克里姆林宮，沒有織布機，和其他社會主義競賽的生活方式。極端地不問政治的大腿。有悖道德的泰然自得。歷史之外的大腿。遠離任何一種意識形態。沒有任何可以利用的含意。純粹的大腿。只是簡單的兩條曬黑的女人的美腿！

一條鯊魚和幾條沒有政治意義的大腿為主人公的出現做鋪墊。

他來了，複雜得像某個無數位一體的印度教神靈。一會兒駕著一輛長不見尾的白色汽車衝進大海，一會兒在漂亮女人們淫蕩的注視中在游泳池裡蝶泳。他有一千種打敗對手的方法，掙脫對手為他張好的網，救出自己的戰友。特別是，他總是艷遇不斷。

我被征服了，融化在螢幕的彩雲裡。女人並不是唯一的！

我的手一直下意識地握著那把瓜子。它們在我手中都握熱了，血液敲打著我握緊的拳頭。好像握在手心的是我的心臟，好讓它不會因為過度激動而爆炸。

一顆完全不同的心臟。那悲慘的夜晚不再是最後一夜。紅髮女人的樅木屋在眼前變成了簡單的一站，一段經歷，一些艷遇中的一次（第一次！）藉著黑暗，我輕輕轉過頭偷偷觀察薩姆海和烏德金的側面。這一次，我偷笑著寬容地看著他們。帶著一種醒悟後高高在上的神情。我覺得自己比他們兩個更接近貝爾蒙多，更清楚女人性感的奧秘！

這時，我們的主人公在螢幕上用一種近乎雜耍卻又不失高雅的方式，一躍撲倒了一個迷人的女間諜，讓她倒在了最不適合愛情的家具上……熱帶的夜晚在他們緊擁的身體上恰到好處地蓋上了一層薄紗……

我瞇縫著眼睛，盡力呼吸這刺激鼻孔、模糊雙眼的濃烈氣味。

我獲救了。

總的說來，我們第一次看電影時並沒有看懂貝爾蒙多的世界。我認爲這個滑稽可笑離奇的偵探影片的複雜情節是我們所無法理解的。我同樣無法理解發生在男主角——探險小說作家和他的替身——一位不可戰勝的特工人員之間的來回轉換。全靠這位特工，小說家個人的不幸和失敗才得到昇華。

儘管我們沒有看懂這個一目了然的遊戲，我們卻領悟了最本質的東西：一個多彩世界裡高度的自由。生活在那裡的人們好像擺脫了統治我們的生活——從最低微的工人食堂，到寒冷的勞改營瞭望所上的身影，到克里姆林宮裡富麗堂皇的大廳——的無情法則。

當然，這些卓越的人物也有他們的困難和局限。但那不是無法克服的困難，那些局限促成了他們的勇敢。他們的生活變成了一種快樂的自我超越。肌肉繃緊，打破鎖鏈，無情的目光嚇退了侵略者，子彈總是不緊不慢地把那些活蹦亂跳的身影釘在地上。

小說家貝爾蒙多把這種好鬥的自由推到了象徵性的頂峰：特務的汽車在轉彎處失事，墜下懸崖，但是任意馳騁的想像馬上讓汽車倒著開回來，逃離了水面。就連死亡的轉彎處，在這個世界裡也沒有了絕對的意義！

通常，晚上的電影散場後，觀眾很快就消失了。人們匆忙鑽進黑色的街道，回家，上床。

這一次則完全不同，人們慢慢地走出來，邁著夢遊的腳步，嘴上掛著不經意的微笑。大家湧向影院後面的一塊小空地，在那裡原地踏步，他們似乎什麼也看不見，聽不見，興奮得暈乎乎的。他們的笑容相遇了，陌生的人們一反常態，在一起短暫地結成對、拉成圈，好像是在跳一個漫長的舞蹈，混亂、愜意。平靜的天空裡，星星也顯得更大、更親近了。

我們就在這樣清冷的光線下穿過彎曲的小巷，小巷裡高高的雪堆只留下了狹窄的過道。我們要去烏德金的外祖父家裡，每次進城都是他接待我們的。

我們一個接一個走在雪堆的迷宮之中，誰也不說話。我們剛剛進入的那個世界現在還無法描述。可以表達的是解凍的夜晚疲憊的美麗，泰加森林隱蔽的呼吸，觸手可及的星星，天空更濃重的顏色，大雪更活躍的聲音。世界變了。可是我們還只能用我們的肉體感覺它，用我們抽動的鼻孔，用我們喜愛豪飲的年輕的身體。同樣還有這星空和泰加森林的芳香。我們的身體裡滿滿地盛著這個新世界，我們默默地搬動它，生怕灑掉它一點神奇的內容，只有一聲壓抑的嘆息偶爾從這滿載的激情之中流露出來：

『貝爾蒙多……』

直到進了烏德金外祖父的屋裡，激情才爆發出來。我們一起喊叫，揮動著胳膊，跳躍。每個人都想用最生動的方式展示電影。我們咆哮著在敵人設下的網裡搏鬥，我們從敵人殘忍的手裡解救美麗的尤物，這些劊子手正要切下美人的一個乳房，在長沙發上翻滾之前，我們先掃射一通牆壁。我們既是電話亭裡的間諜，又是一臉兇殘的鯊魚，甚至還是那盒罐頭！

我們變成了一團焰火，有動作，有鬼臉，有叫嚷。我們發現了這個新世界裡無法形容的語言。貝爾蒙多的世界！

烏德金的外祖父是一個疲憊憂鬱的大胖子，他沉重的腳步和蒼蒼的白髮使人想起北極熊，換了任何一個場合，他都會很快把我們粗暴地打發掉。可是這一次，他靜靜地看著我們的表演。我們三個人應該是成功地重新創造了電影的氛圍。對，他應該可以想像那個火把淒涼的燈光照耀下的地下迷宮，一個被綁在牆上的美麗受難者。他看見一個惡魔，一個滿臉皺紋的矮胖子，貪婪邪惡地嘿嘿笑著，靠近那個穿得極少的受害者，將一把映著寒光的刀子伸向她美麗的胸脯。我們三個憤怒的喉嚨中爆發出咆哮聲。那個男主角有三個人的力量和美麗，舒展肌肉，打破枷鎖，飛去營救美麗的被縛者……

北極熊狡黠地眯縫起眼睛，走出房間。

我和薩姆海中斷了演出，擔心太惹外祖父討厭了。只有烏德金還沉浸在劇情的恐懼中，激動得好像是他要差點失去一個乳房。

外祖父又回到房間時，粗大的手指握著一個細頸的香檳酒瓶。我瞪大了眼睛，薩姆海『啊』地大叫了一聲，烏德金從他癲癇的發作中恢復過來，用電影的語言把我們所有的激動都總結在一句歡呼裡：

『這就是西方！』

外祖父在桌子上放了三個有缺口的釉彩茶杯和一個多面的酒杯。

『我這瓶酒是給一個朋友留的。』外祖父一邊鬆開瓶蓋上的鐵絲，一邊解釋。『可是這可憐的老傢伙，他那時竟然奇怪地想死。一個戰友……』

我們幾乎聽不見外祖父的解釋。瓶蓋隨著歡快的喀嗒聲跳了出來。接著是令人歡喜的短暫事物——豐富的泡沫，縱情發出快樂響聲的氣泡，傾瀉在桌布上的白色沸騰。終於，我們喝了第一口香檳，我們人生的第一口……

多年以後，多虧了歲月帶來的對過去苦澀的淨化，才使我們想起了那位戰友……但是在這個遙遠的解凍的夜晚，我們火一樣的嗓子裡，只有冰涼的針扎感，刺得我們湧出歡樂的淚水。好像是首演後的演員，疲憊卻幸福，烏德金的那句話還在耳邊回響：

『這就是西方！』

是啊，西方就在克里米亞的香檳芬芳的氣泡中誕生了，在一幢淹沒於雪中的寬敞的樅木屋裡，在看過一部法國舊電影之後。

那是最眞實的西方，因爲它是在活體裡孕育的。是的，就是在一個用大量伏特加洗過的多面酒杯裡，還有在我們單純的想像和在泰加森林晶瑩純潔的空氣中孕育的。

西方就在那裡。晚上在樅木屋微藍色的黑暗中，我們睜大了眼睛夢想著它……地中海邊的大道上避暑的人們肯定沒有注意到三個模糊不清的影子。這三個影子圍著一個電話亭，沿著一間咖啡屋的平台，靦腆地用目光追隨這兩個有著曬黑的美腿的漂亮姑娘……

我們向西方邁出的第一步。

我們在一輛拖拉機的拖斗裡，平躺在雪松原木上，飛越泰加森林；這輛拖拉機功率很大，就像軍隊裡運送火箭的拖拉機一樣。背底下是粗糙的樹皮，眼睛上方是燦爛的天空，道路兩旁是森林銀色的影子。我們被充滿陽光的空氣吹鼓的皮襖猶如張開的船帆，樹脂的味道浸入我們的體內。

在拖車上，特別是滿載的拖車上是嚴禁運人的。但是那個司機帶著一種漫不經心的愉快接受了我們。這是貝爾蒙多帶給我們的生活變化中第一個實實在在的徵兆……

這天早上的空氣顯得特別溫暖，駕駛室的窗玻璃搖了下來。一路上，我們聽著那個司機向鄰座的伐木班長講述電影情節。我們蜷曲在樹幹上聽著充滿驚呼、咒罵的故事，司機雙手危險地鬆開方向盤比劃著。

他偶爾發出一聲特別響亮的叫喊：

『他出第一顆牙了，我的寶貝兒子！哈哈！你想想看，他長出牙齒來了！我老婆寫信告訴我……』

接著他繼續講述：

『然後，他就這麼著，使足了勁掙脫鏈子……眞的，都聽得見他的骨頭劈啪地響。咿——！哎！他把鏈子扔到空中。那個拿著刀子的人這時離那姑娘就兩步遠了。那個姑娘，她那對奶子漂亮得沒法說！那壞蛋卻想切下來一個。你能想像嗎？這時，那傢伙從上面衝下來，砰！……沒事，你別緊張，我不鬆開方向盤了……』

然後他又停下故事，開始大喊他做父親的自豪：

『嘿，那個小搗蛋！出了第一顆牙……米卡寫信說，「我沒法餵他了，他把我的乳頭都咬出血了。」我告訴你吧，哈哈！跟我一模一樣！』

世界變得令人難以置信的美麗。爲了對這一變化確認無疑，我們期待著發生一個奇蹟。結果這奇蹟眞的突然到來了。

那是在靠近『魔鬼轉彎的地方』，它在暴風雪的沙丘下顯得更加危險。在這個地方應該慢慢開車，慢慢駛下奧雷河岸。但是故事正講到高潮……

拖拉機和沉重的拖車從斜坡上衝下來，一點也沒有減速，行進在被溫熱的水流侵蝕的薄冰上……

駕駛室裡傳出一聲很快被扼住的吼叫，薩姆海罵了一句。接下來的幾秒鐘迅如閃電又似乎漫長無際，滿是被輪子壓沉的冰發出的嘎吱聲……

等我們在一百多米之外的地方恢復過來的時候，已經在對岸了。司機停下發動機，跳到了雪地上，他鄰座的伐木班長跟著他。河流白色的冰面上的兩道黑色的裂痕，慢慢充滿了水……

一片寂靜中，只聽見發動機虛弱的鳴叫聲。天空是全新的光芒。

將來，那個司機和班長也許會說起這不可思議的運氣。或者談論拖拉機幾乎不著地的飛快速度。他們會下意識地想起位於陡峭的河岸最高處的教堂的廢墟。儘管他們不善於思考，也不善於言辭，但他們聯想到了遠方的那個小生命（第一顆牙！）是他神奇地挽救了薄冰上的沉重機器……

而我們，我們更願意相信奇蹟，從此在我們的生活裡如此自然的奇蹟。

回到家，樅木屋裡的一切對我來說都有些怪怪的。熟悉的事物古怪好奇地盯著我，好像等待我的第一個動作。我是昨天早上離開這房間去學校的，然後去扳道工的簡陋小屋，火車站的候車廳，暴風雪，紅髮女人的屋子，橋，卡車司機……我搖了搖頭，被一陣異樣的眩暈籠罩。對，然後我經過布滿白雪的山谷，用於絞刑的生鏽鐵釘……

姨媽拎著大開水壺進來了。

『我做的薄餅，不過有的糊了，你可以把糊的留給我。』她的語調很平常，一邊說，一邊在桌子上放了一個裝有一疊金黃色薄餅的碟子。

我茫然地看著這個女人。她進了房間，完全從另一個時代而來。暴風雪前的那個時代……突然，我想起還有海邊的陽光大道，鯊魚，縛著漂亮姑娘的地道。我感覺自己搖搖欲墜。我什麼也沒有對姨媽說，走出房間，推開了大門。

傍晚的太陽在泰加森林的輪廓和哨所看不見的陷阱後面昏昏欲睡。幸好有回暖時紫色的幃幔，我不用瞇起眼睛就可以凝視太陽那赤褐色的圓盤。我確信這個圓盤在鐵絲網上輕輕游移。

第二天，薩姆海敲我家的門，擠了一下眼睛對我說：『走！』我完全領會了他的意思。我們穿上雪鞋，在烏德金家附近叫了他，一起離開了斯韋特拉雅……

去城裡沿公路走有三十七公里。如果穿過泰加森林就是三十二公里。要走八個小時，另外還需要停下兩次打碎（身上的）硬雪層，更主要的是爲了讓烏德金喘口氣。一整天的旅途。到了傍晚，太陽落山了，在泰加森林的兩翼之間，城市上的霧氣漸漸消散。這個越來越近的時刻每一次都變得愈發神奇：十八點三十分。晚場電影開始的時間，貝爾蒙多的時間。

深邃的泰加森林開啓，積雪覆蓋的道路早已把我們帶到了海濱大道上，置身於曬日光浴的西方外星人之中……

確實，我們第一次沒怎麼看懂。另外，這個電影中也有一些我們很難想像的事。比如說出版商和我們的男主角之間的關係對我們而言是絕對的秘密。爲什麼貝爾蒙多害怕這個大腹便便、用假髮套遮住禿頭的粗俗傢伙？他對我們的超人施加了什麼巨大影響，又是哪裡來的權利呢？他怎麼能那麼隨隨便便地把主人公帶到他辦公室的手稿扔掉呢？

我們沒有得到令人信服的解釋，於是把它斷定爲情場競爭。事實上，主人公美麗的女鄰居變成了那個卑鄙的傢伙無數次進攻的對象。當那個姑娘冒失地在他的辦公桌前俯下身，這傢伙慾火難耐，眼睛貪婪地盯著年輕姑娘的臀部時，整個大廳都屏住了呼吸。接著，肯定是他撲向不幸的姑娘，厚嘴唇到處親吻她的身體。她的身體因爲一支帶有麻醉藥的陰險的香煙而無力反抗……

我們忽略了這部電影中的很多細節。不過幸好我們有泰加森林的野孩子的嗅覺，直覺地領會了西方生活爲我們的智慧所隱藏起來的東西。而且我們決定如果需要就把這影片看十遍，二十遍，直到全部看懂！全部，包括那個折磨了我們好幾天的細節：那個美人到主人公的房間裡時，我們的男主角表現得像個好客的主人，可她爲什麼要拒絕那杯威士忌呢？

9.

這部電影我們又看了十七遍。另外，我們已經不是看它，而是生活於其中了。從那條陽光大道摸索著進來以後，便立即著手探測這神秘的世界裡最隱蔽的每一個角落。每個情節都記在我們的心裡。我們竟可以從此研究它的周圍布景：男主角房中的一件家具——一個不知道幹什麼用的小櫃子，就連導演本人肯定也未曾注意過；攝影師不經意間拍下的一個街道的轉彎；或者是巴黎的春天一個灰色的早晨，在男主角的門旁半裸著熟睡的漂亮女鄰居的長腿映出的光澤。啊，這光澤！它在我們的眼中變成了彩虹的第八道色彩！世界和諧的色彩中最重要的一種。

特別是貝爾蒙多……他的身上匯集了這個複雜的遊戲中全部的內容：冒險、色彩、充滿激情的擁抱、咆哮、跳躍、親吻、海浪、野獸的香氣，被躲過的厄運。他是這個神奇世界的關鍵，中心人物，動力，上帝……

我們覺察出他特別多變的原因。他之所以能生活在這狂亂的節奏中，未完成前面的一件事就又投入到一個新的事情之中，是因爲他希望能夠達到神奇的無所不在的地步。他結實靈活的身體融合了世界所有的元素。變成了它們的混合體。他就像一個活躍的攪拌器，在一杯醉人的雞尾酒中攪拌著令人目眩的束束波紋、充滿肉慾的女人胴體、令人窒息的激情、好戰的叫喊聲、炎熱帶來的頹喪、戰無不勝的二頭肌，還有一群因異教神仙過度的繁殖力而產生的人們：好的、壞的、平庸的、敏感的、怪僻的、假殷勤的、居心叵測的、謊話連篇的……

他像天界的鐘錶匠，給這個奇妙的世界上緊了巨大的發條，讓南方的太陽和無精打采的星星開始運行。他強健的肺部給每一個繞著他的軌跡轉動的人都吹入了生命的活力。轉動的速度越來越快，小瀑布變成了尼加拉大瀑布。我們任由它的浪花捲走。

然而，我們那正處於愛情和戰鬥的狂熱中的男主角也會突然停止，選擇寂寞、悲傷、不被理解。像是一個造物主，待在不再需要他的造物中間。……不一會兒，他就掛在一架狂熱的直升飛機上飛上了天空。而我們，躲藏在他的世界裡一個黑暗隱蔽的角落裡，已經猜到這憂鬱孤獨的一刻……

對西方的探索繼續著。有失敗也有成功。有一天，我們終於成功地爲出版商的角色下了定義。他被如此評價：他是一個外形猥瑣、智力低下卻性慾旺盛的壞蛋，他寄生在人類最高貴的能力——夢想——身上。

這個發現和在看完三、四場之後的另外一個發現吻合。我們發現了貝爾蒙多神秘的雙重性！

往返於著名間諜的豪華別墅和作家簡樸的住所之間，在有著古銅色皮膚的健將和打字機的奴隸之間互相轉換，更確切地說因煙草中毒而消沉和苦惱——這令人困惑的交替終於出賣了他的秘密。而且是那個美麗的女間諜在很大程度上方便了我們的研究。

因爲她也同樣模糊不清。被綁在地下室的牆壁上時，她的掙扎方式極具挑逗性。在面孔變形的出版商淫猥的手掌下，被撕碎的上衣幾乎遮不住她豐滿的乳房。那只將要被殘忍地切割的絕妙的乳房。她那雙綠寶石般美麗的大眼睛，好像被捕的羚羊的眼睛。她的身軀有著高貴的動物的流線型曲線。濃密的秀髮披散在赤裸的雙肩上。那個虐待狂揮舞著刀子靠近她，我們甚至爲男主角的鎖鏈斷得太快而感到遺憾。再有一秒鐘，那個劊子手出版商就能把那隻美麗的羚羊的身軀從無用的衣服碎片中解脫出來……

確實，我們需要十幾場電影，才能在這個與作家同住一樓的面色蒼白的女大學生的容貌下，辨認出這頭羚羊。這個與光彩奪人的女間諜相距甚遠的版本，這個蒼白的複製品在巴黎一個極平常的雨天出現——一個身材高挑的姑娘，身上的牛仔褲把身體壓得扁扁的，掩蓋了她的豐滿。一件大羊毛衫遮掩了開始顯露的豐滿，淹沒了所有肉慾的輪廓。那副用功學生的眼鏡遮住了眼中的光芒。然而，這還是她，那隻臀部結實緊張的羚羊，喘息的胸脯在裙子的碎片下更顯圓潤的女間諜。

是她，卻有著天壤之別！巴黎雨中的女學生好像是熱帶的夜晚那隻羚羊失敗的拷貝。

就是在比較這個平庸的複製品與其原本的過程中，我們模糊地看到西方男人幻覺的奧秘！或者更確切地說，西方丈夫的幻覺奧秘……那隻討人喜歡的羚羊，身體被賦予了所有優點的原本，是他事實或夢想中的情婦。而那個擺脫了一切多餘的色情的複製品是他的妻子……

我們年輕人的發現是多麼具有洞察力呀！當我們在二十幾年後漫步在西方的首都時，重新又找到了貝爾蒙多暗示過的這種模稜兩可的愛情。男人幻覺中的女人——在雜誌的封面上或者聲名狼藉的街道上——應該有一對能夠誘惑任何一個殘忍的出版商的乳房，像那隻神奇的羚羊一樣豐滿鍍金的大腿。而妻子們則要突顯她們瘦削的肩膀，不存在的胯部和平坦的胸脯。大家和我們談論時尚、流行歌曲、清教徒的理想、兩性平等……但是我們不會上當受騙，因爲我們早已研究過我們的西方，直至潛意識的黑暗深處！

爲什麼是貝爾蒙多？爲什麼在久遠的回暖日子裡？在二月淡藍的暮色中？在通常放映戰爭長片的十八點三十分？在被雪半蓋著的紅十月電影院裡？……

事實上，這歸結於一個眞正的貝爾蒙多流行病。它與對某一位義大利明星短暫的迷戀或者對一位西部好萊塢人物轉瞬即逝的熱情全然不同。從第二場開始，紅十月電影院就不得不在場內加設一排座椅。甚至可以看到有人坐在從自己家裡帶來的板凳上……而熱情卻絲毫不減！

排隊等候的隊伍幾乎和列寧紀念堂的參觀隊伍一樣長，我們在隊伍中看到了越來越不尋常的人物。著名的捕貂手尼烈托夫兩兄弟是很少進城的——進城也僅僅是爲了從他們的袋子中倒出一堆柔軟的皮毛。看到他們和一群盛裝的市民一起在櫃台前排隊眞是不可思議。他們被冷風吹打得黝黑的面龐，用藍狐狸毛製成的大皮帽，捲曲的鬍子，他們身上的一切都使人想起他們在泰加森林深處孤獨的生活……

還有傳奇式的自釀葡萄酒的索娃，一個強壯、固執的老婦人，警察從來沒能成功地當場抓住她的罪行。有人說，她的犯罪活動都是在一個廢棄的礦井下完成的，那個礦井塌了一半的出口藏在她院子裡的醋栗叢中。我們想像她是一個總在金礦黑暗的穹頂下，在被一盞油燈昏暗的燈光照耀的木屋架下，在一堆蒸餾器間忙碌的老巫婆……從這個黑暗的礦井到我們的男主角救起被縛的美麗姑娘的地下室只有一步。老索娃跨過了這一步，有一天，她高昂著頭，穿著棕色羊皮大衣，戴著一頂氣派的狐狸毛無邊女帽，過來坐在了第一排……

就是這貝爾蒙多癖很快就在人們的內心深處匯集了一股巨浪，把一些離奇的人物帶到了我們的生活中來。這股浪潮經過了最偏僻的村莊，穿過護林人的房屋，而且，很顯然，它甚至震動了哨所平靜的冰層……每一場電影都帶來一些驚奇。

有一天，我發現旁邊的座位是空的。我們總是坐在第一排，不單是因爲我們到得晚，而是爲了成爲唯一面對貝爾蒙多的人，爲了能無需跨過那些腦袋和狐狸皮帽就可以進入那條陽光大道……我左手的這個空位子最初並未引起過分的驚訝。我想那個人是決定在新聞之後再進來，好利用播放克里姆林宮新聞的這十分鐘在前廳抽一支煙。

可是，新聞——這一次，除了必不可少的裝飾性畫面，我們看到海上的捕魚者捕到了超出計劃百分之三十的魚——新聞結束了，燈光亮了一下，然後重新熄滅。但是那個座位上仍然沒有人。我準備挪個位置，這個空座位更靠中間……

正在這個時候，一個彎著腰的男人巨大的黑影從已被地中海景象映得鮮艷的螢幕上滑過，同時我感覺我的腳在黑暗中撞到了他一隻沉重的靴子。遲到的觀眾坐到了他的位子上。在直升飛機還未達到電話亭上空的時候，我向鄰座瞥了一眼……

我一認出他就開始慢慢地在扶手間挪動身體。我希望讓自己變小，變得看不見，不存在。

因爲那是蓋漢。他的全名是蓋拉西姆・托卡。一個本地區全體居民敬畏的名字。照我姨媽和她的朋友的觀點，他是『偷國家的金子』的人。警察不顧一切的追查他，夏天的時候，我們在泰加森林深處碰到過他一次。他藏在荒無人煙、無法到達的森林深處，在寧靜的百年雪松林中，在一條清澈流動的小溪裡淘金。

我抑制住自己的恐懼，謹慎地盯著他。他的熊皮大衣散發出雪地裡強風的味道。帽子的兩個護耳在頭背上繫著，使人想起北歐戰士的大頭盔。他坐在那裡，不受拘束、高傲地歇息著，巨大的身影超過了整個一排觀眾。

我在螢幕多彩變換的光線下看著他的側面，一種似曾相識的奇怪感覺漸漸從他的輪廓中產生。對，他使我想起一個很熟悉的人……但是誰呢？他額前有一縷鬈髮從帽子中露了出來……塌陷的鼻梁一定是某次鬥毆的犧牲品……倔強的嘴唇，輕輕掛著食肉動物的微笑。下頜強壯粗大。還有那雙棕色的充滿活力的眼睛……

我不敢相信自己的直覺，驚愕地看著螢幕。貝爾蒙多從眩目的碧藍色游泳池中出來，坐到了漂亮女間諜身旁的一張長椅上。我仔細觀察他的側面。一縷濕漉漉的頭髮留在他的額前，他的鼻子，他的嘴唇，他的眼睛……我轉向我的鄰座。然後看看螢幕，再轉向穿熊皮大衣的那個男人……

對，正是他……魔術是不需要解釋的。因此我不打算去理解。我停留在兩個世界之間的奇怪邊緣，停留在兩個酷似的面孔之間。紅十月電影院黑暗的放映廳變成了煉金術士的長頸甑，把這兩個面孔匯集在一起，在把現實蛻變得更眞實更美好的緩慢過程中……

我突然清醒過來。鄰座的大靴子在過道上碰了我的腳一下。他在電影結束前一兩分鐘離開了。長頸甑破裂了。我差一點就跟在他後面跑出去，悄聲告訴他：『等等，你會錯過電影最美麗的一幕！』年輕的女鄰居將在男主角的門旁熟睡，露出她那雙有著彩虹第八色的長腿……

我沒有跑出去。我沒有叫喊。只聽見側門重又被輕輕地關上，穿熊皮大衣的男人消失了……

燈光又亮起來的時候，我們在著了迷、微笑著慢慢散開的人群中看見兩位軍官。制服領口很氣派的深紅色領章表明他們在看守勞改營的軍隊中的明顯標誌。觀眾們悄悄向他們投去開心的目光，好像在說：『哈！你們也……』

對，他們也在神奇的長頸甌中逗留。在可怕的蓋漢身邊……

我從來沒對薩姆海或是烏德金提過蓋漢。否則，他們可能會嘲笑我。從那場奇怪的電影之後，我明白了，魔術之所以不成功，僅僅是因爲人們不敢談論它，更不相信它。他們把自己表現得和奇蹟不符，努力把奇蹟簡化爲某個平庸的世俗的事情。

另外，在這回暖的時候，我們並不是只有一個奇蹟。在穿熊皮的男人出現的第二天，我們在等候的隊伍中看見了……烏德金的外祖父！他局促不安地站在那裡，好像一個成人在犯孩子氣的錯誤時被當場抓住。他著急地辯解著：

『你還能怎麼樣呢？所有的人都只談論這電影……一個醫生朋友告訴我，他的病人爲了看這個電影而要求把手術延遲。所以我……』

爲了替自己開脫，他付了四個人的電影票錢。

爲什麼是貝爾蒙多？

他那個扁鼻子使得他很像我們這裡的人。我們的生活——泰加森林、伏特加、勞改營——雕塑出來的就是這樣的面孔，歷盡滄桑的臉上顯露出一種野性美。

爲什麼是他？因爲他等著我們。他沒有在某個豪華的大旅館門口丟下我們，相反正是由於他在夢想和現實間的反覆，使得他總是在我們的身邊。我們不可思議地追隨他。

我們喜歡他還因爲他那些毫無功利性的功勳。因爲他在勝利和獲得戰利品時荒唐的快樂。我們生活的世界建立在令人心力交瘁的目的性上。我們每一個都被限定在這個必然結果中——穿梭於一百五十架織機中的紡織女工，在帝國十四個海面上搜索的漁民，每年都要砍倒更多樹木的伐木工。這個無法逆轉的發展指明了我們在這個星球上存在的目的。在克里姆林宮被授予勳章是至高無上的榮譽。就連勞改營也在這預定好了的和諧中找到了一席之地——總要給那些一時表現得與偉大計畫不符的人們找一個地方，它也是爲我們天堂般的生活中不可避免產生的渣滓而設。

但是貝爾蒙多來了，帶著他那些沒有任何目的的偉績，毫無目標的成就，沒有動機的英雄主義。我們看到了根本不考慮結果，使人欽佩的力量，不關心打破生產力紀錄的肌肉的光輝。我們發現男人的身體本身也可以是美麗的！沒有任何救世主的，意識形態的，或未來主義的內心想法。從此，我們知道這妙不可言的自我叫做『西方』。

然後，還有那次在機場的會面。迎接我們的男主角的女間諜身上應該有一件約定好的東西，一個識別的記號。那是一個……大圓麵包，俄國圓形黑麵包，沒有比這更俄國的了，而且是在一部法國電影裡喊俄文！一陣充滿民族自豪感的歡呼傳遍了紅十月電影院的每一排座椅……回到斯韋特拉雅，這一次，我們只談論一件事：原來，在那邊，在西方，他們起碼是知道我們的存在的！

為什麼是貝爾蒙多？因為他來的正是時候。他突然出現在大雪覆蓋的泰加森林中，就像是被一次奇妙的特技表演拋到這裡。對，是他一系列行為——令人眼花撩亂的一系列跳躍，追逐、槍擊、拳打、筋斗、方向盤的轉動、起飛、降落——中的一個。他就是這樣在泰加森林深處著陸的！

他到達的時候，我們差點被未來和現實之間的鴻溝變成無可救藥的精神分裂症患者。那時，打著救世大計旗號的漁民正準備讓海裡不剩一條魚；伐木工正要把泰加森林變成一片冰雪的荒漠；而在克里姆林宮，一位老人正在給另一個人授勳，表彰他『三次成為社會主義事業的英雄』和『四次成為蘇聯英雄』。受勳者狹窄的胸前再也沒有地方掛上全部金星……所有這些都可以在貝爾蒙多的西伯利亞特技表演中找到：克里姆林宮，一百五十架織機，伏特加——同未來和現實之間的精神分裂做鬥爭的唯一武器，被鐵絲網捕獲的黃昏日輪……

他從掛在西伯利亞天空盡頭的直升飛機上跳下來，在雪地上行駛，出現在螢幕上邀請我們跟隨他……他在炎熱的海濱大道上漫步。我們總是轉過身來面對著絢麗未來的遙遠身影，在西方陌生的土地上用腳試探著前進。

但是超過其他一切的是：愛情……

在貝爾蒙多到來之前，我對此了解多少？所有觀眾又了解多少呢？我們知道一種『我搞了她』的愛情。在我們這個艱苦的地方，這種愛情是最廣泛流傳、司空見慣的。還有渡口邊永遠等待的愛情……最後，另一種愛情，我們慣於在紅十月的銀幕上發現的愛情——我還記得一部很典型的愛情電影……

那是一個女人和一個男人。在夜晚黑麥田中的小路上，他們靜靜地走著，帶著藝術的羞怯，不時發出動人的嘆息聲。關鍵時刻臨近了。大廳裡一動不動，寂靜無聲，等待隨之而來的摟抱。那個年輕的社員摘下他的壓舌帽，揮舞了很大一圈，宣布：

『瑪莎，我打賭今年每公頃能收一千二百公斤的黑麥！』

一陣失望的噓聲震盪著黑暗的大廳……

況且女主角是那般美麗，她的搭檔又那麼有陽剛之氣。我們本該把她的上衣撕成碎片，欣賞她的乳房——和貝爾蒙多迷人的被縛者差點失去的乳房一樣堅挺。她會鑽到草叢中去嗎？——像放映廳裡所有觀眾強烈期待的那樣——她雙腿的曲線應該完全可以和女間諜肉感的曲線婉美……

但是，在夜晚的原野上，那對戀人只看到救世大計模糊的影子，未來燦爛的巔峰。然後他們開始談論收成而抑制住他們正常的衝動……親吻，多少算是很隨意的額外補充。螢幕在親吻的畫面中暗了下來。在又亮起來之前，人們先聽到了初生嬰兒的第一聲啼哭，看到他在幸福的媽媽的懷裡。顯而易見，那短暫的黑暗用電影手法替代了交歡的那一夜……

在這種正統的靦腆和卡車司機『我搞了她』的愛情之間，同樣有一個深淵把預定的未來和現在的涅爾羅格分割開。在這個深淵的盡頭是紅髮妓女的房屋。一個拖著疲憊的身體的女人。一個女人哭泣著在床上攤開一些精心加工過邊角的照片。不知道爲了什麼原因。在一心只想著自己的死鳥——他的愛情夢——的少年面前哭泣。在這深淵的盡頭，那個暴風雪的夜晚，西伯利亞火車返回車站。還有蠟燭火苗上那張掉了妝的女人面孔，她的手指輕撫我的頭髮……

貝爾蒙多向這個少年和他那蜷縮在心旁的死鳥伸出了手。他把他拉向南部的艷陽。而愛情令人恐怖和無法描繪的雜燴開始被西方清楚地表達出來：誘惑、慾望、爭鬥、性、色情、激情。做爲一個情場高手，他甚至分析了一個年輕的誘惑者在邁出艷遇的第一步時可能面臨的失敗和失望。我們看到他準備了燭光晚餐，邀請了女鄰居。他穿上一套黑色的西裝，無盡地等待……直到像個戰敗的角力選手一樣在休憩中睡著了。她沒有來……

對，往愛情深淵裡跳也是他的西伯利亞特技表演的內容之一。爲了使人們對此深信不疑，他化裝成蓋拉西姆・托卡，坐到了紅十月影院的第一排，坐在我的身邊……

解凍只持續了幾天。冬天爲了報復光明的介入從極地帶來了凜冽的寒風，把星星凍結在天空的黑水晶裡。

但是貝爾蒙多的魅力無法抵擋。在每個空閒的日子，再加上經常逃課，我們在日出前起床，向城裡出發。第十四次，十五次，十六次……我們不厭其煩。

10.

在森林裡，天還是黑的。積雪時而被月光鍍上一層金色，時而又變成了深藍色。每一棵年輕的樅木都使人想到一個埋伏著的走獸，每一個陰影都是有生命的，正在盯著我們。我們幾乎不出聲，生怕打破這沉睡的王國莊嚴的寂靜。不時有大團的雪塊從樅木枝上落下。我們先聽到清脆的摩擦聲，然後是低悶的墜落聲。那晶瑩的雪團還要在警醒的樹叉上飛舞一段時間，在綠色，藍色，淡紫色的碎片之間映出彩虹的色彩。然後，一切重又在銀色的月光下凝結，昏昏欲睡……有時候，我們覺察到輕輕的摩擦聲，但所有的樹枝都一動不動。我們豎起耳朵：『狼？』然後，在森林的縫隙中，我們看到一隻貓頭鷹的黑影掠過。周遭寂靜得沒有一點雜音，我們甚至以爲感受到了鳥兒巨大的灰色翅膀劃過的冰冷天空的濃密和柔韌。

在這夜色深沉的時刻，我喜歡重溫我的秘密……

我的同伴們穿越森林是爲了去看一部喜劇，爲了記住一些新的台詞，爲了大笑。而我，我去紅十月電影院是爲了參與一個神奇的改頭換貌：我很快就會有另一副身軀、另一個靈魂，我胸膛裡的小鳥將會豎起羽毛在我胸口嬉戲。可是現在，它一動不動。我既痛苦又喜悅地背負我成長的痛苦——紅髮女人的木屋。

我曾以為我的痛苦，如同在西方充滿希望的土地上等待我的改顏換貌一樣是唯一的。然而，我非常吃驚地發現，在沉睡的泰加森林中打滾的薩姆海和烏德金，在他們的羊皮襖下也有一種痛苦、一個希望、一個謎。一段神秘的過去。我的經歷並不是獨一無二的……

薩姆海的秘密令人難以置信卻又很簡單。在貝爾蒙多到達一個月後，他在一個冬夜向我吐露了他的秘密……我們在自己的浴室中，他泡在他的木桶裡，我平躺在長凳濕熱的木板上。陣陣狂風把乾冷的雪塊甩在狹窄的窗戶上，那是最冷的時候。薩姆海沉默了很久，然後開始用一種歡快詼諧的口氣講述。好像人們在講述自己兒時的一次惡作劇。但是從中可以感覺到他漫不經心的嗓音隨時可能會因壓抑的痛苦而失控，尖叫出來……

他那時應該是十歲。七月炎熱的一天，那是大陸性氣候的夏天一個灼熱的日子。薩姆海——那時他還不叫薩姆海——從河水中出來。全身赤裸的他在劇烈的陽光下直打哆嗦。經過幾個星期的三伏天之後，河水還是沒有熱起來。

他從河水裡出來，跑向他掛衣服的灌木叢。突然，他被一塊石頭或者一個大塊的根莖絆倒了。他根本沒有時間看清楚那不是一塊根莖，而是一個靈巧的絆腳索……他兩隻手緊緊抓住它，手腳並用，試圖使自己脫身，他仍然沒有猜出來是怎麼一回事。這時，他看見眼前出現了一雙皮靴，感覺一隻有力的手抓住他濕漉漉的頭髮。他喊了一聲。那個緊抱他腰胯的人對著他的腰部一陣亂打。薩姆海弓起背，呻吟著想再一次逃脫。但是那隻抓著他頭髮的手開始緊按住他的臉，好像是一個嘴套。兩個長著黃色扁平指甲的手指伸向他的眼眶下方——那是一個羈押犯：『再喊一聲，我就挖了你的眼睛。』這時他發現他面前的那個男人跪在地上。

他聽見幾聲咒罵，略帶神經質的冷笑。薩姆海不明白爲什麼，如果他們想殺他，早就該掏出一把刀子或是匕首……突然，他感覺他身後的那個人分開他潮濕的雙腿，好像要撕裂他的身體。薩姆海疼得叫了起來，藉著他最後僅剩的一點光亮，他看見一個侵犯者開始解褲釦……

在危急的一刻，這孩子身上好像附上了一隻沒有完全昏迷的動物。這動物的靈敏救了薩姆海。他的身體完成了一連串驚人迅速的動作。確切說來，不是動作，而是一陣迅如閃電的顫抖從頭到腳傳遍全身。他的手臂推開捂著他嘴的手，同時輕輕抬起他的頭，減輕眼睛上那兩個手指的壓力。他突然抬腳踢向侵犯者的肚子。他的肩膀擦著草地，把顫抖的身體拖向河邊……

他沒有完全淪爲一隻落入陷阱的小動物。在最後一刻，好像有什麼東西在他的背上裂開。一陣刻骨的疼痛穿透了他的身體直至頭背。薩姆海以爲他再也動不了一下了。可是一到水裡，疼痛就消失了。好像冰冷柔軟的河水使他備受折磨的身體又都恢復了原樣……

他一直游到了對岸。他傻呆呆地望著河水。他從沒有游過奧雷河。河水太寬太急了。他感覺不到自己的身體，無法區分自己的呼吸聲和雪松的搖曳聲。他濕漉漉的腦袋嗡嗡作響，整個人與燦爛的天空中融爲了一體。在這沒有邊界、消散在無邊泰加森林之中的身體的某處，傳出陣陣響亮的『咕咕』聲……

薩姆海在河對岸沒有見到一個人。他等到晚上才回到這邊。這一次，他是借助一根飄浮的樹幹才游了回來。奧雷河又變得不可逾越了。他的衣服沒被動過。在踩滿了腳印的地上散落著幾個煙頭。

從那以後，薩姆海的頭腦無時無刻不受力量的困擾。

從前，世界是美好而簡單的，就像天上的安靜白雲，就像白雲在奧雷河流動的鏡子裡的倒影。現在，有一種令人討厭的東西停滯在生活被語言和笑容掩藏了的陰暗的毛孔中，這東西就是力量。它可以隨時圍困你，把你按倒在地上，把你撕成兩半。

薩姆海開始憎恨強者。而爲了能夠抵抗他們，他決定鍛鍊身體。他希望拯救他的那種動物的靈敏變成他自身的……

在秋天到來之前，他可以游過河，游一個來回都不用休息。是他想出了跑出浴室在寒冷的夜空下赤裸著躺在雪地上的主意。從前，這只是一個訓練士兵的辦法……他還知道要加強手掌的力量，就像日本人那樣。很快，他就可以一下子折斷粗壯的乾樹枝。十三歲時，他已經像成年人一樣有力，只是耐力不夠。他經常是鼻青臉腫、帶著擦傷並露出了小骨的手指來上課，但是笑容掛在他的臉上，他不再懼怕強者了。

然後，有一天，他用一個小金塊（我們每個人都有幾塊這樣的東西）換了一張漂亮的外國明信片。我們在光滑的畫面上看到一片蔚藍的大海，一條兩旁長著棕櫚樹的大道，還有窗戶很大的白房子。那是古巴。報紙上只講這個國家和人民擁有抵抗美國強權的勇氣。對強權的憎恨在這個星球上找到了一個對象：薩姆海鍾情於這個小島，厭惡美國。他的愛慕浪漫地表現爲夢想中的女人像，一個漂亮的女兵，一個穿著一件袖口捲起的作戰服，有著克里奧爾①式魅力的女戰士……

但是這愛慕和仇恨一樣，來得太晚了。革命的熱情已經很遙遠了，即使在我們這裡，西伯利亞的盡頭，也開始公開地譏諷那位大鬍子的舊友。在學校，小孩子們總是故意唱時髦的歌曲，沿用歌頌卡斯特羅英雄的『大鬍子』的曲調，卻惡作劇地換了截然不同的歌詞：

古巴，還我們大麥！

還有我們的伏特加和別的……

古巴，拿走你摻水的糖！

卡斯特羅，跟我有什麼關係！

薩姆海鄙夷地看了他們一眼。他無視這些弱者的無禮言行：這些愛譏諷的人知道薩姆海不會屈尊去懲罰他們……但是在他內心的深處，薩姆海問了自己許多困惑的問題……特別是從那個故事給他帶來粗俗的打擊的那一天起。

那是一節地理課後。那天，老師提到了中美洲。當鈴聲響起，教室裡人都走光了之後，薩姆海走到講台前，從書包裡拿出那張有哈瓦那風光的漂亮明信片。蔚藍的海洋、棕櫚樹、白色的別墅，肌膚曬成古銅色的散步者。老師仔細地看了一會兒那張明信片，然後翻過來看背面的文字。

『啊，當然了，這是在革命前！』他指出。『我也認爲……』

他停下不說了，然後把明信片還給薩姆海，調轉目光解釋說：

『你知道嗎？他們的經濟處境是相當困難的……沒有我們的幫助實在是太艱難了。我的一個老朋友曾在那邊當協作者。他說就連襪子都是定量供給，每人每年一雙……總之，這當然

譯註① 克里奧爾人，安地列斯群島等地的白種人後裔。

都是帝國主義的封鎖造成的……』

薩姆海煩亂不安，他不得不想像勇猛的『大鬍子』握著衝鋒槍爲了獲得一雙新襪子而排隊。

貝爾蒙多來的時候，薩姆海十六歲。所有因愛慕遭到背叛而引發的討厭問題正在轉變成一個阻撓他觀察、呼吸、微笑的傷口。他變得更強壯了，但是他打算與之鬥爭的疼痛好像七頭蛇②的腦袋，不斷重新形成——隨著新一隊伐木工的到來，隨著酒店台階前一群酒鬼又一次的毆。就算他只能在自己周圍打出一片狹窄的安全地帶，那也是勉勉強強的。生活沒有改變。他等待著那個穿著橙黃色褲子和袖口捲起的作戰服的美麗的女戰士。另外，穿在一個黨內要人的兒子肥胖的腿上的美國牛仔褲，使得西伯利亞年輕人神魂顚倒。

還要繼續用手掌折斷樹枝嗎？還要頭頂一個模仿未來的衝鋒槍的鐵棍游過河水嗎？還要粗暴地對待醉酒的伐木工人嗎？還要砍掉七頭蛇的腦袋，讓邪惡勢力進一步膨脹嗎？還要像在一個被困的島上那樣生活嗎？還要保護那些在你的背後陰險地惡語傷人的弱者嗎？

薩姆海就是在這時候遇到了貝爾蒙多。他看到了貝爾蒙多那沒有目的的偉績，爲了鬥爭而進行的鬥爭。他發現，鬥爭也可以是美麗的，打出的拳頭也自有它的優雅，行爲總是壓倒目標而佔了上風，重要的是要有威武的氣派。

薩姆海在與疼痛毫無希望的鬥爭中發現了苦澀的美麗。他從中看到了那些討厭的問題組成的迷宮的唯一出路。對，只想著鬥爭的美麗而進行鬥爭！作爲唯一的騎兵勇敢地投入鬥爭。在感激涕零的弱者恭維你或非難你的某個過激行爲發生之前離開戰場。對，在戰鬥的時候就知道勝利不會持續太久。就像在電影裡……被打敗、醜化了、摘了假髮套的出版商坐在隱秘的辦公室裡，但是最後時刻的美麗，是對主角最好的報答：他摟著重新奪回的漂亮女鄰居，手稿從陽台上扔向出版商和他那夥節節敗退的黨羽。多瘋狂、多酷的動作！

第一場電影放映一個星期之後，薩姆海在工人食堂和兩個喝醉的卡車司機打了起來。一切都和電影中傳統的鬥毆一樣。食堂女工發出刺耳的叫喊聲，人們因害怕和『事不關己』而默不作聲。這個年輕人從食堂的最裡面站起身，走向那兩個侵犯者。這兩個司機是新來的，他們不知道這個年輕人可以一下子折斷粗大的樹枝。這大刀一樣的手只要呼呼兩下就可以把他們扔到外面去。但薩姆海已經不再滿足於這樣的結果。他回到食堂，在那些驚呆的用餐者的注視下，把揉皺的一盧布紙幣放到蜷縮在櫃台後面的收銀員身邊，說道：

『那些倒楣蛋忘了付湯錢！』

然後，他在一片欽佩的喧嘩聲中走進寒風裡。

回到家裡，他坐在鏡子前，久久地凝視自己。一縷深色的頭髮搭在額前，鼻子有點塌——

譯註② 七頭蛇：希臘神話中的蛇怪，生有七顆頭，斬去後仍會生出。

——在一次鬥毆中因寡不敵眾而留下的傷痕，緊綳的嘴唇上有一道倔強的皺褶，笨重的下頷已經習慣了男人沉重的拳擊。他向鏡中盯著他的那個人友好地眨了一下眼睛。他認出他了，認出了自己……我們美妙的西方，從沒有顯得這樣近！

11.

當我們從泰加森林走向奧雷河谷時，太陽升起來了。我們把黑夜留在了沉睡的冷杉王國中，留在了尋覓棲身之地的貓頭鷹用翅膀劃過的銀色陰影中。

紅色的圓盤從一片清冷的薄霧中顯現出來，玫瑰紅慢慢蓋住了了灰色和藍色的光暈。爲了驅趕夜晚的困頓，我們開始聊天，交換對上一場電影的看法，還聲嘶力竭地模仿貝爾蒙多……在第十六次去看電影的途中，走在前面的薩姆海大步邁向那片迷人的平原，彷彿被它表面的淡紫色光華所吸引。我停下來等烏德金。他從森林的陰影中走進了這一大片自由光明的空間，繞過一棵掩埋在雪中的小冷杉的樹頂，同我會合。

以前，他的目光總是令我感到不自在，那雙眼睛充滿了嫉妒、絕望和無可奈何……

這一次卻全然不同。他拖著殘腿走近我，右肩歪向天空，向我微笑。他以平等者的姿態看著我，沒有一絲苦澀、一絲嫉妒。烏德金似乎不再爲鴨子似的步履而煩憂，他平靜的神情震撼了我。重新上路的時候，我心想：『好久沒有看到這麼寧靜祥和的眼神了。』我稍稍慢下腳步，讓他走在我前面。我一邊機械地回答著夥伴們的問題，一邊開始回憶烏德金的神秘遭遇。

對他來說，十八點三十分的電影絕不僅僅意味著一幕滑稽可笑的喜劇……

正是在那個遙遠的春日，當烏德金的身體被解凍的冰塊摧殘時，他那孩童的眼睛改變了對世界的看法，他由此具有了極度痛苦或極度歡樂才會產生的奇特眼光。在這些極度痛苦或歡樂的時刻，我們在一定的距離之外——像陌生人一般——審視自己。在刻骨銘心的痛苦中，在極度歡樂的痙攣中，靈魂與肉體分離。在某些時刻，我們可以忍受這種分離……

烏德金也曾這樣審視自己。他靠在醫院病房的牆上，劇烈的疼痛使得他忍不住問自己：『這個在石膏繃帶中呻吟的瘦小男孩是誰？』是的，早在十一歲的時候，他就看到了這組鏡頭——傷殘的身體在叫喊，在痛苦中掙扎，而近旁，一種冷漠的目光卻在悠然自得地游移。這種苦澀寧靜的意境好似清爽的秋日，又如枯葉散發出的沁人心脾的芬芳。烏德金知道這種意像也是他自己，是的，是他的一部分，也許是最重要、最自由的那部分。他不知這種分離對他意味著什麼。但是，他領略了這個假想的秋日瞬間的意境……

只需閉上眼睛，與黃葉間低垂閃爍的太陽融爲一體，與森林澄淨的氣息和清朗的天空融爲一體……也許會平靜漠然地提一個問題：『他是誰，這個拖著殘腿，一個肩膀歪向天空的少年是誰？』

烏德金希望找到一片不同於泰加森林的闊葉林，在那黃紅的樹葉叢中靜坐一天。他透過沐浴在陽光中的樹葉，看著那個小男孩低頭在風雪中一瘸一拐地遠去……

烏德金之所以能體會到這種神秘的靈與肉的分離……是因爲突然脫離河岸的巨大的三角形冰塊給了他思考的時間，讓他意識到發生了什麼事。他看到人群在聽到危險的摩擦聲時後退了，還聽到了他們的叫喊聲。他感到害怕。他意識到了自己的恐懼。他試圖跳起來逃走，而又不引起人們的哄笑。他明白擔心他人的嘲笑是愚蠢的。他想道：是我，我一個人在破裂的冰層上掙扎，翻倒在河流中。是我，還有太陽，春天，我害怕……

他的痛苦，就像一塊被玷污的水晶，保留著這些混亂狂熱的想法，這些想法嵌進了水晶裡，嵌進了透明的凍結的眼淚裡。

河流的力量太強大了，即使是在解凍的時候，儘管水流速度很慢，但是痛苦仍然難以承受。男孩就像在觀看一組慢鏡頭。那個險些也被冰層壓碎的男人在把烏德金拉上岸的時候高興地喊道：『瞧這隻濕漉漉的小鴨子呀！再耽擱一會兒，他就該沉下去了……哦，他眞是一隻小鴨子！』

男人繼續輕聲嘻笑著，既是爲了掩飾自己的恐懼，也是想讓圍觀的人們放心。被改名爲小鴨子——烏德金③的他坐在雪地上蜷縮成濕漉漉的一團。在痛楚迸發之前的最後時刻，他

譯註③『烏德金』是俄語『鴨子』的譯音。

用渾濁的眼睛看著那個男人嘻笑著在褲子上擦拭被刮傷的手。一種難以名狀的預感湧上心頭：這笑聲和圍觀者的鼓勵聲已經是從他生命的另一階段傳過來的。人們在考慮應該叫救護車，還是讓小鴨子烤乾身上的衣服，喝一杯熱茶，自行恢復。太陽還是從前的太陽，春日也依舊美麗。他剛得到的外號——烏德金——實際上是給一個已經不存在的生命起的——他像其他的男孩子一樣，在他生命中一個極平常的早晨來看河流解凍……

當白雪突然變成黑色，當灼熱的太陽開始炙烤大地，並顫抖著滲透進他的身體，當疼痛開始抽打他的面頰，烏德金第一次聽到這遙遠的聲音：『他到底是誰？這個疼得大喊大叫，大口地吐著淤血，在融雪中像個斷翅的小鳥一樣掙扎的男孩是誰？』

悲劇應和著強大的河流和巨大的冰塊的節奏從容不迫地發生了，這件事把烏德金帶到了一種遠離孩童世界的奇怪思維中。他開始懷疑周圍的一切，懷疑事實本身。

自從那天他從醫院回到家中，這種懷疑就突然產生了。烏德金坐在樅木屋裡，乾淨的房間裡充滿著母性的溫柔色調，滿眼都是熟悉可親的物件，每一件都輕柔地喚起他的回憶。媽媽從廚房拿來一只開水壺，在桌上放了兩只茶杯，準備泡茶。烏德金此時已經明白他的生活永遠也不可能回到從前了。他將以一瘸一拐的步履與世界接觸。與夥伴們玩旋轉遊戲時，他將被從中心位置挪到邊緣，被閒置，直至被排除在外，不復存在。他知道，儘管媽媽將保持著一如既往的詼諧語調，但她的眼中將永遠閃動任何溫情都無法掩飾的絕望。

他又一次看到了不幸遭遇的慢鏡頭——冰塊沉重宏大的步履，巨大的撞擊，沉悶的回聲，微微泛綠的巨大透明碎冰疊成了厚達一米多的冰層。記憶準確無誤地再現了他當時的一連串想法。他站在三角形的冰層上，徒勞地想找到平衡點，他對別人的嘲笑充滿恐懼……也許正是這種恐懼使他變得笨拙……

是的，不幸僅僅歸咎於微不足道的小事。假如他當時動作稍快一些，假如他沒有那麼在意河岸上人群的目光，他的生活就不會發生任何變化。要是他當時離河岸再遠幾厘米，這杯茶就會有全然不同的另一種味道，窗後的春日就會有完全不一樣的意義。是的，如果那樣的話，現實生活就不會發生變故。

他驚奇地發現，這個被無所不知的成年人統治的世界不再牢固清晰，而是突然變得脆弱、不可靠。幾厘米的距離、幾個嘲笑的眼光就將你置於完全不同的世界和生活中。在那種生活中，昨日的夥伴們自由高飛，撇下你在融雪中跛行；媽媽極力裝出微笑；人們漸漸習慣你的樣子，最終將你定格在這種新外貌中。

世界突然變得不可靠了，這使烏德金感到十分恐懼。但有時候，他一想到這個發現就會體驗到一種令人目眩的解脫感，他無法解釋這其中的奧秘。確實，大家都過於相信這個世界，對它的存在深信不疑。只有他知道，一件微不足道的小事就能把這世界變得面目全非。

正是從那時開始，他在從未經歷過的陽光燦爛的秋日裡神遊，在從未見過的寬大的黃色樹葉中遐想。他甚至說不清這樣的日子從何時產生，但它產生了。烏德金閉上眼睛，呼吸著樹葉清新而又濃烈的芬芳……偶爾，一陣令人不快的低語在他的頭腦中發出輕微的爆裂聲：『這不是眞實的，實際上你是個瘸子，誰也不想和你一起玩遊戲。』烏德金不知該如何回答。他意識到：現實比任何夢幻更不眞實，因爲現實僅僅取決於幾厘米的距離和幾個圍觀者的嘲笑。烏德金無法用言語把這種想法表達出來，於是微笑著在秋日低垂的太陽下瞇起眼睛。空氣如此純淨，蜘蛛的游絲在輕輕飛舞……這種美感是他最好的論據。

他十三歲那年——新生活已過了兩年，有一天，他的外祖父讓他讀一則故事。曾經當過記者的外祖父像頭沉默孤獨的北極熊，他那列印出來的兩頁半長的文章帶著抹不掉的新聞體的烙印，就像他列印的字母『K』一樣執拗——它總想爬到比其他字母更高的位置上去。但是，烏德金被故事情節感動了，沒有注意到這個細節。其實，這故事沒有什麼特別之處。年輕時做過隨軍記者的外祖父講述了一隊士兵的故事。『在德軍的進攻下，部隊節節敗退，潰不成軍，士兵們在十一月冰冷的雨幕下艱難行進，打算在靠近俄羅斯中部的地方找個棲身之所……然而，那裡只有光禿禿的森林、荒蕪的村莊、淤泥……

『每個士兵都在心中想著某個親人，可我沒有任何人可想。我覺得自己又醜又內向，而且那麼嫩，沒有朋友、沒有未婚妻、沒有父母，我命中注定就是這樣的。我沒有什麼人可以思念，我是這灰暗低垂的天空下最孤獨的人。有時，我們的部隊被一輛四輪馬車超過。一匹瘦馬，一堆箱子，幾張驚恐的臉。在人們眼中，我們是敗軍之旅。有一天，我們碰上了一輛停在荒蕪的鄉間的四輪馬車。雨中的黃昏，大風，坑坑窪窪的道路。我走在大家後面。我們的隊伍毫無秩序。一位抱著嬰兒的婦女仰起臉來，好像在向我們道別。她的目光與我的相接。一個瞬間……夜幕降臨了，我們繼續前進。我當時不知道我會終生記住這目光。之後，我奔赴前線。後來又在戰俘營裡度過了漫長的七年。直到如今……在黃昏中漫步時，我對自己說：「他們在夜裡思念著自己的親人。我呢，我現在擁有了這目光……」一個幻覺？一個夢？也許……但多虧了這目光，我才度過了那段地獄般的日子。是的，我之所以能活下來，多虧了這目光。有了它的庇護，子彈打不中我，看守的大頭靴雖然踢碎了我的肋骨，卻傷害不了我的心靈……』

烏德金把這個故事讀了一遍又一遍，又把它默誦了好幾遍。一天，當他又一次回憶起這個簡單的故事時，他想道：『要是我沒有遭遇到不幸，我永遠也不會明白一個士兵透過戰爭的黑暗所捕捉到的這目光有何意義……』

烏德金對他那陽光燦爛的秋日深信不疑。成人的意識已在少年的體內覺醒，在那脆弱殘疾的身軀內覺醒。這世界分泌出甜美的春之毒汁，致命的愛之琥珀，火熱的慾之熔岩。我們在這醉人的氣息中翱翔，烏德金想要飛起來與我們會合。可是他失敗了，被拋回了地面。

他和我同齡，在那個難忘的冬天，我們十四歲了。在不幸發生之初，學校裡的女生對他表現出了特別的關心，那是母性在受傷的孩子面前的自然流露。但很快，他的狀況就變得平淡無奇，再也引不起別人的興趣了。女孩們只是把他當成生病的布娃娃來照看，卻不願意成爲他的女朋友。她們對他不再感興趣了。

正是那時，我吃驚地發現了烏德金停留在我臉上的目光：嫉妒、仇視和絕望的混合體。那目光中充滿了令人心碎的無聲的疑問。那次洗澡時，當兩個陌生的姑娘欣賞赤身裸體的薩姆海和我，尤其是我的時候，我明白了這沉重的疑問總有一天將會殺死烏德金。

但是，貝爾蒙多來了……第十六次去看電影的途中，烏德金走出泰加森林那滿是紫色斑點的陰影，朝我這邊邁了幾步，他看著我，臉上帶著一絲不易覺察的微笑，彷彿在被朝陽淡紫色的薄紗照亮的雪野中剛剛醒來。在他的眼中，我見不到一絲病態的敵視。他的微笑似乎是對從前疑問的答覆。他揮動胳膊指著在我們前面一百多米的薩姆海。接著，他平和地笑了：

『難道他想比我們看到更多的間諜嗎？』

我們稍稍加快了步伐，追趕薩姆海……

……是的，有一天，貝爾蒙多來了……於是烏德金得知，關於他的痛苦和沒有答案的疑問，其實在很早以前的西方就已經存在一種經典的說法：悲慘的現實生活和多彩的幻想世界。烏德金愛上了這個可憐的打字機的奴隸，這個貝爾蒙多令他覺得親切。上樓時，這個貝爾蒙多不得不吃力地張大被煙草損壞的超負荷運轉的肺。簡而言之，這是一個容易受傷害的生靈。他時而被自己的兒子欺騙，時而遭到年輕女鄰居的違心背叛……

但是，只需將一張白紙插到打字機裡，現實就改變了模樣。熱帶夜晚的氣味有著神奇春藥般的功效，使他變得強大，像他的左輪手槍裡的子彈一樣迅捷，不可抵擋。爲了將他的兩個世界結合成一體，他精力旺盛、毫不懈怠地往返於其間。最後的結局是：變黑的紙張在院子上空飛揚，漂亮的女鄰居緊緊抱住這位算不上英勇的男主角。烏德金從中看到了一種無法言表的希望。

在學校裡，當烏德金費力地爬樓梯時，他把自己想像成那位被生活的不幸折磨著的作家，那個雨季的貝爾蒙多。只是在影片中，樓梯上站著那位一臉關切的漂亮女鄰居。然而在學校那幫嘲笑者裡面，沒有任何人在樓梯平台上等他。『生活是愚蠢的』，一個苦澀的聲音說道，『愚蠢而惡毒……』

我們半路停下來，在燦爛的陽光下吃東西。刺骨的寒風順著河谷刮過來。我們在風暴過後形成的雪堆後面找到了棲身之所。凜冽的寒風從尖刀似的雪堆上檐經過，四周靜極了，沒有一絲聲響。太陽，晃眼的雪，完全的寂靜。春天似乎已經來了。烏德金和我時不時把手掌貼到薩姆海的羊皮大衣上。他的短羊皮大衣漆成了黑色，非常暖和。我們的朋友笑了：

『我這兒有一組太陽能電池，是嗎？』

三月中旬仍是隆冬時節。但是，我們已經強烈地感受到了春天悄無聲息的存在。它已經來了，我們只需弄清它的藏身之地。

清新的風、些許食物和暖暖的陽光令我們昏昏欲睡……突然，一陣風帶著刺耳的叫聲刮過雪堆頂端，在我們的食品──大塊麵包、清煮蛋、塗了黃油的麵包片──上撒了一層晶瑩的雪粒。該快點吃完，趕緊上路了。我們重新穿上雪鞋，離開棲身地，爬上了一個白色的山坡。長蛇狀的雪末在寒風的驅趕下向我們襲來……

太陽落山時，我們又恢復了清晨時的安靜。大家的話越來越少，直至沉默。城市的輪廓在地平線微藍的輕霧中漸漸顯現。我們開始集中精力，爲看電影做準備……

第十六次去看電影的時候，我發覺了一個驚人的事實：每個人眼中的貝爾蒙多各不相同！一個小時之後，在黑暗的影廳裡，我偷偷觀察烏德金和薩姆海的臉。我相信自己明白了：當作家氣喘吁吁地往陡直的樓梯上爬時，爲何烏德金沒有隨著其他觀眾一起哈哈大笑；當那個出版商逼近美麗的被縛者要割下她的一只乳房時，爲何薩姆海的神色顯得那樣堅毅凝重……

12.

從電影院出來時，我們聽到人群中有人說道：

『星期六最後一次放映。星期六我們還來吧，怎麼樣？』

我們三個人都呆在那裡。電影院、踩過的雪、黑色的天空，一切都突然變了樣。我們一言不發地朝著廣告欄走去，那是一塊長四米寬二米的畫布，上面畫著我們的偶像的頭像，周圍是些女人、棕櫚樹和直升飛機。我們盯著那個要命的日期：

上映至三月十九日

烏德金的外祖父看見我們這副神情，揚了揚眉毛，問道：

『你們怎麼了？誰殺了你們的貝爾蒙多嗎？』

我們不知如何回答。即使身處這座用樅木搭建的好客的電影院——西方的誕生地，我們依然有種被拋棄的感覺。

然而，生活就是這樣：我們熱烈盼望的東西常常以我們最害怕的形式出現。

三月十九日，我們以爲那是同貝爾蒙多的最後一次約會，是世界的終結，然而，我們看到了一張新的宣傳畫！它與前一張不同，但又有相似之處，我們從遠處就認出了畫上那熟悉的微笑和熠熠發光的眼睛。作畫人肯定提高了他的技藝──貝爾蒙多顯得更加充滿活力、更加悠閒。這一次，那張神采奕奕的臉旁邊圍滿了動物：大猩猩、大象、老虎……

首先是一陣狂喜：是他，他回來了！接著，無可名狀的惶恐襲上心頭，疑慮開始啃噬我們虔誠的心靈：他還是原來的那個他嗎？他還是我們眼中的那個他嗎？

新貝爾蒙多讓我們首先想到了一個大膽的騙子，就像妝點俄羅斯歷史的僞沙皇，就像歷史老師給我們講過的假德米特里④或者冒牌彼得三世⑤……我們感到不舒服。看第十七場電影是一次惶惶不安的經歷。

從頭至尾，我們都在潛意識裡期待著他的一個手勢，一個眼神，或者一段熟悉的台詞，以便讓我們相信電影的可靠性。我們尤其特別注意電影的最後一個場面：他出現在陽台上，笑著把稿紙扔了下去……我們希望從那兒找到銜接點！

但是，貝爾蒙多左手搭在墜入情網的女鄰居的腰上，依然是那麼沉著鎮定。他似乎在悠閒地享受著那個折磨我們的懸念。

電影散場後，我們重新審視了一遍廣告畫。我們的偶像的臉龐是用過於濕潤的油漆畫上去的，顯得太扎眼、不自然。我們在路燈微白的光線下仔細研究了好久他的目光。他的神秘讓我們不安……

首映那天，我們一路上沉默不語。這次大家不約而同地改變了習慣，沒有像往常那樣停下來吃東西。我們沒有這個心思，而且時間也不允許。冷霧貼在臉上，憋得我們說不出話來，遮住了指引我們前進的方向目標。大家感覺到了彼此的緊張情緒。

我們在進城前的一片小樹林裡脫下了雪鞋，像往常一樣把它們藏起來。我們不想顯出一副鄉巴佬的樣子，尤其是在貝爾蒙多面前。

我們似乎等了足足一小時，燈光才熄滅。而這次新聞片也似乎沒完沒了。我們看見一名宇航員如同閃著磷光的幽靈，在宇宙飛船周圍緩緩移動，像在夢遊一般。我們似乎感覺到了他四周深不可測的寂靜。飽含激情的畫外音絲毫不爲宇宙的沉寂所影響，顫抖地宣布：

『今天，值此全國人民和全世界的進步人士準備慶祝偉大的列寧同志誕辰一百零三週年之

譯註④　德米特里・伊凡諾維奇（1582–1591），俄國皇子，伊凡四世之幼子。一五八四年與其母一起被送到皇室領地烏格利奇。去世情況不明。一六〇四到一六二一年間，有人假借其名，自稱皇太子。

譯註⑤　彼得三世（1728–1762），俄國皇帝，被其妻葉卡特琳娜二世授意他人謀殺。

際，我國宇航員在宇宙探索方面邁出了重要的一步，再次以無可辯駁的事實證明了馬克思列寧主義這一放諸四海皆準的眞理……』

這聲音繼續在宇宙無盡的深淵裡顫抖，與此同時，貼近宇宙飛船的閃光幽靈準備返回密封艙。他向艙門游過去，艙門以同樣令人絕望的緩慢速度一厘米一厘米地打開，閃光的幽靈彷彿陷入了一個噩夢般的黏稠膠質物裡。正是在這個時候，我們發現，大家都在興奮地等待著新貝爾蒙多的出現。當夢遊的宇航員開始將頭部伸進艙門時，當畫外音宣布這次太空之旅證明了社會主義無可質疑的優越性時，我們聽到一名觀眾厭煩憤怒地喊道：

『快點，見鬼！進去！』

不，擔心被假貝爾蒙多欺騙的人不只是我們，整個紅十月電影院的觀眾都擔心遭到背叛……電影一開演，誰都不記得剛才的疑慮了……我們的偶像繃緊著肌肉，順著一座失火的大樓的牆壁艱難地向上爬。長長的火焰隨時都可能吞噬他的黑絲斗篷。樓頂處狹窄的屋簷上，女主角發出絕望的呻吟聲，仰望天空，馬上就要暈倒了……

誕辰一百零三週年，宇航員夢遊般的太空漫步，放諸四海皆準的學說，一下子全都消失得無影無蹤。所有觀眾都屏住呼吸：他能不能把烈焰中奄奄一息的美人解救出來？

貝爾蒙多是眞實的！

緊張程度達到了極點，紅十月電影院的所有觀眾都與不屈不撓向上攀登的貝爾蒙多同呼吸共命運，所有的手指都攫住椅子的扶手，模仿那鉤住最後一層屋簷的手指的動作，貝爾蒙多因我們眼光的磁力而最終堅持住了，這時，奇蹟發生了……

攝影機飛快地轉換了鏡頭，我們看到了那座平放在攝影平台上的大樓。貝爾蒙多一邊站起來，一邊拍斗篷上的灰塵……一名導演指責他在戲中的某處疏忽。原來他爬牆的動作是假的！他在一個樓房模型上水平爬行，窗戶裡射出的火焰得到了精心控制。

這一切都是假的！而他卻是再眞實不過了，因爲他允許我們來品味神聖而遙不可及的電影拍攝技巧，來窺探魔術背後的奧秘。由此可見，他對我們無比信任！

事實上，地面上的大樓代表著夢想中的橋樑，類似於罐頭中的間諜遺骸。這座橋樑通向一個比誕辰一百零三週年和放諸四海皆準的眞理更爲眞實的世界。

憑藉我們對西方的了解，我們看懂了貝爾蒙多的新傳奇故事。他大步從火中的大樓窗戶和牆壁跨過，走出了攝影棚……

我們發現了西方。在那裡，人們不必去想燦爛的陽光下樹梢陰森森的影子。那是一個追求輝煌功績的世界，一個崇尚美麗肉體的慾望世界。與此同時，這世界並不擔心洩露自己的可笑之處，因而它顯得更爲眞實可信。

尤其是它的語言！在這個世界，任何東西都可以被表達出來。在那裡，最混亂不堪、最黑暗的現實找到了它的詞語：情人、情敵、情婦、慾望、男女私情……這個不定形、無法形容的世界開始成形，分類，顯示自己的邏輯。原來，西方具有可讀性！

我們滿懷愛意地拼讀著這個奇妙世界的詞語……

這次，貝爾蒙多扮演一個『替身演員』。儘管我們對這種西方語言還是一知半解，但仍然很快就看出了一個強有力的修辭手法，那是對西方所做的一個生動的隱喻。替身演員！英雄的勇氣總是爲他人做鋪墊，命中注定長期活在陰影中。女主角準備獎賞他的勇氣時，他卻不得不退居幕後。唉！可惜了吻在幸福的正式演員唇上的那一吻，那傢伙其實什麼也沒幹……

在某些時刻，這個爲他人做嫁衣裳的角色顯得格外艱辛。爲了躲避衝鋒槍的掃射，替身演員必須數次從樓梯高處翻滾下來。那位導演與前部電影中的出版商一樣有虐待狂傾向，他毫不留情地強迫替身演員一遍遍地重複這一動作。爬樓梯變得越來越困難，翻滾也變得愈發痛苦。每重複一次就有一個女人的聲音在悲喜交加的絕望中爆發：

『上帝呀！他們殺了他！』

但是，主角在重重摔倒後又爬起來，大聲說道：

『不，我還沒有抽完我的最後一支雪茄呢！』

這句台詞在電影中重複了四、五次，並在紅十月電影院中的觀眾心靈深處留下了響亮的回聲。烏德金和我馬上聯想起薩姆海的雪茄及其舊偶像的哈瓦那雪茄。但是，這一感嘆引起的反響遠遠不只這些。它凝聚了許多觀眾長久以來想要抒發的情懷。『不，不，』他們中的很多人都想說：『我還沒有……』他們找不到合適的詞語來解釋這樣的事實：十年的牢獄生活之後，人們還可以重新開始生活；甚至那些從戰爭年代以來就守寡的女人也能夠憧憬新生活；春天會光顧西伯利亞這個偏遠的角落，而且今年春天可能充滿了喜悅和幸福。

『不，我還沒有抽完我的最後一支雪茄呢！』

終於，人們找到了這個固定的表達方式。

天知道在生命中最黑暗的時刻，多少涅爾羅格人曾經在頭腦中重複過這句話，以示自我鼓勵。

電影散場後，我們沒去烏德金的外祖父家過夜，而是生平第一次在一節火車車廂裡度過了夜晚……

薩姆海把我們帶到了涅爾羅格火車站。他大步跨過鐵軌，向著遠處還被積雪半掩的鐵路線走去……我們來到停著一排火車的空地旁邊。好幾輛火車在停車線上沉睡著。薩姆海似乎很清楚自己要找什麼。他在兩輛貨車間走來走去，突然一下鑽到一節車廂下面，並示意我們效仿他……

我們來到了一輛帶黑色窗戶的客車前。城市、噪音和車站的燈光消失了。薩姆海從口袋裡掏出一根細鋼絲，把它插進鎖孔裡。只聽喀嗒一聲，門開了……

一小時後，我們已經進到一間很舒適的包廂裡了。沒有燈光，但是遠處路燈的光亮和積雪的反光已經足夠了。薩姆海點燃了走廊盡頭的鍋爐，爲我們沏好了茶——唯一找得到的眞正的茶，在冬夜的火車上飲用的茶。我們把中午吃剩的食物擺放在桌子上。爐火和濃茶的氣息在包廂裡飄散。其間還夾雜著穿越帝國的長途旅行的氣息……晚餐過後，我們躺在臥鋪上長時間地談論貝爾蒙多。這一次，既沒有高聲的叫喊，也沒有誇張的動作。這個晚上，貝爾蒙多近在咫尺，我們無需模仿他……

在夜裡，我夢見了貝爾蒙多的新搭檔。那位迷人的女替身演員。我的夢境透明如黑色窗戶外開始飄落的白雪。我經常醒來，然後再次入睡。她一直縈繞著我，彷彿就在隔壁包廂。四周漆黑一片，但我依然感到了她的存在，她靜靜地站在把我們分開的薄薄的壁板後面。我知道自己應該起身走到過道裡去等她。我確信能碰到她，那位西伯利亞列車上的神秘女乘客。可是，每當我的夢境快要成眞的時候，我總是聽到一輛火車經過旁邊的鐵軌的聲音。我感覺我們正在夜色中飛翔。我睡著了。她又來了，還在那個地方。我們的車廂向西方飛馳，頂著寒冷的冰雪，向著西方。

世界末日沒有來臨。涅爾羅格的居民又看了兩、三部貝爾蒙多的電影。這些喜劇彷彿在經歷了一段長長的時間差後迷失了方向，被光陰推移到某個荒涼的河岸，在那裡長久等待著，等待著依次展示自己的本來面目。

貝爾蒙多時而稍顯老態，時而恢復了青春活力，身邊的伴侶在變化，地域在變化，左輪手槍、髮型和膚色也在變化……但是這一切在我們看來都很自然。我們賦予他最激動人心的不朽，這種不朽能穿越時空，返回從前，或者讓時光倒流，更好地品味青春。

難怪這次時光之旅匯集了如此之多的美麗女人的身體、充滿激情的夜晚、陽光和風。在『女社員』工廠——爲西伯利亞地區的勞改營生產鐵絲網的工廠——和當地警署及克格勃的矮胖大樓之間，坐落著紅十月電影院，貝爾蒙多在那裡安營紮寨……

他佔據了整個大廣告牌，自此以後，在列寧大街上步行的人們看到的不再是警察們灰色的制服，也不是卡車上的大捆鐵絲網，而是貝爾蒙多的微笑。

人們心照不宣地認爲，當局讓這個有著迷人微笑的人來到列寧大街是一件天大的蠢事。一種無可名狀的預感告訴他們，這微笑將把市裡的頭頭們大大捉弄一番。某一天……因爲觀眾們已經吃驚地發現他們對灰色制服不再害怕，面對卡車上的鋼『刺蝟』不再覺得不安。他們在列寧大街盡頭的電影院附近看到了這微笑，他們自己也笑了，同時在冷霧中體會到一種自信。

在酒鋪的台階上，平生第一次，我們看到了一個歡笑而非鬥毆的場面……是的，所有這些臉色紅潤的粗獷男子都放聲大笑；他們彎腰曲背，不是因爲腹腔神經叢受傷，而是因爲笑得太厲害！他們用粗硬的拳頭捶打著自己的大腿，他們擦去眼淚，他們罵著粗話，他們縱聲大笑！在他們的動作和叫喊聲中，我們看到了上次電影中的貝爾蒙多。他就在這裡，在這些西伯利亞人、這些淘金者、獵貂者或者樵夫中間……

經過酒鋪的人們滿懷欣喜地暗自思量：『這些當權派幹了件天大的蠢事，居然把貝爾蒙多的畫像掛到了列寧大街上！』

遠處，貝爾蒙多泰然自若地朝我們微笑。

對貝爾蒙多的熱愛令我們目眩，我們把一切變化全歸結於他的存在。所有的東西，遠的或是近的，都與他有關。比如，在尚是冬日的四月初，覆滿白雪的城市上空出現了雷鳴閃電。

看過貝爾蒙多的電影後，我們躺在包廂裡的臥鋪上，聽見了這不合時節的暴風雨。一個閃電把我們驚呆的面孔定格在那裡。靜止的列車似乎在一個季節、氣候和時間顛倒的美妙世界裡旅行。熱帶的暴風雨降落到冰雪的王國中。

我們急切地盼望重新入睡，做幾個奢侈的美夢。然而，我在這次旅行中見到的事物出人意料地簡單……

這個火車站比涅爾羅格火車站簡陋得多，它掩藏在寂靜的雪松叢中。候車大廳燈光暗淡，連照明的燈具都看不清楚。稀稀疏疏幾個人身影朦朧，不時發出低沉的聲音，一個車站職員極力忍住不讓自己打呵欠。火爐中燃燒的樺樹木塊的氣味在空氣中飄散。大廳中央，一個女人站在只有寥寥幾行字的列車時刻表面前。她仔細地審視著進站時間，不時望一眼牆上的大鐘。在睡夢中，我感到她這次不是在空等，某個人肯定會來。他將乘坐一輛奇特的火車到來，在任何時刻表上都找不到到達時間……

夜晚的空氣中彌漫著刺鼻的暴風雨的味道，並漸漸滲入沉睡的車廂。這是那位旅客深夜下車後呼吸到的第一口新鮮空氣，在一座陌生的車站裡，一個女人在等著他……

13.

一天夜裡，我們上了一輛全新的火車……

是的，它的車廂裡還不曾接待過乘客。綠色的油漆光滑亮澤，車體上的白色釉彩鮮艷奪目。透明度極好的窗玻璃似乎在展示一個更爲深遠、誘人的車內世界。臥具上散發著全新仿皮漆布的氣味，車內匯集了旅行的精華：旅行的精神、旅行的靈魂、旅行的感官享受。

那夜，薩姆海沒有點燃鍋爐。他從背包裡拿出一個樣子古怪的扁瓶子，用手電筒照亮它。接著，他在桌子上放了一只鋁製茶杯，往裡面倒了幾滴黏稠的褐色液體，然後慢悠悠地喝下去，好像在品味它的全部芳香。

『這是什麼？』我們好奇地問道。

『比茶好喝多了，相信我，』他一臉神秘地笑著答道，『你們想嘗嘗嗎？』

『你先告訴我們這到底是什麼？』

薩姆海重新給自己倒了點褐色液體，閉上眼睛把它喝了下去，說道：『這是卡爾克根莖釀造的甜燒酒。你們還記得嗎，去年烏德金挖出的那種根莖？』

我們無法辨識這酒的味道，也無法把它同曾經吃過的某樣東西聯繫在一起。它的酒香似乎把我們的嘴和頭同身體分離開來。或者更確切地說，它讓身體的其餘部分處於一種失重狀態。

『奧爾嘉對我說過，』薩姆海用一種輕飄飄的語調解釋著，『這不是春藥，只是一種欣快藥……』

『「欣」什麼？』我對這些奇特的音節感到很驚訝。

『「欣快」什麼？』烏德金瞪大了眼睛問道。

這幾個詞語的聲音也有些飄飄欲仙的味道……

我們躺在嶄新的車廂裡，令人浮想連篇的電影場面悄悄潛入夢中。因爲喝過卡爾克根莖釀造的甜燒酒，我們春夢連綿……

在那個鏡頭中，貝爾蒙多那位迷人的女伴穿著薄如蟬翼的胸罩和三角褲，她一把抓起桌布，將插著一大束花的碩大花瓶翻倒在地。她激情澎湃地建議男主角在光禿禿的桌子上與她共享歡愛。但是，男主角迴避了這個怪誕的建議。他大概是在爲我們的羞恥心著想。那個放蕩不羈的女人已經在紅十月電影院裡引起了不同凡響的震撼，貝爾蒙多預感到倘若他放縱自己的慾望，一場革命風暴就會很快在涅爾羅格爆發：攻佔警署大樓，摧毀『女社員』鐵絲網工廠，所以他謝絕了這個建議。但爲了不讓觀眾懷疑他的陽剛之氣，他建議到另一個完全不同的愛情戰場上去：

『在桌子上？爲什麼不站在吊床上？或者滑雪板上呢？』

這個假想在我們看來完全是眞實可信的，可見我們對貝爾蒙多的愛和信任多麼深厚！是的，我們對這種純西方的做愛方式的妙處深信不疑。兩個曬成古銅色的身體站立（！）在繫在毛茸茸的棕櫚樹幹上的吊床裡。腳下晃悠得越是厲害，情慾就愈發熾熱。熱烈的擁抱加大了身體波動的幅度。肉體的結合如此深邃，天與地似乎顛倒了位置。在吊床那個愛的搖籃中，熱帶夜晚的情侶漸漸減慢了愛的動作……

至於滑雪板上的愛情，我們有條件去想像這一鏡頭。我們一年中有六個月是穿著雪鞋行走的，誰能比我們更能想像滑雪兩、三小時後身體的極度躁熱呢？情人們扔掉滑雪棒，面對面站立著，形成兩條滑雪道，我們只聽見急促的喘息聲、滑雪板下白雪有韻律的嚓嚓聲和雪松樹枝上一隻喜鵲忍俊不禁的笑聲……

然而，我們更喜歡富於異國情調的吊床。這個晚上，我們翱翔在『愛情』根莖的香氛中，在吊床的搖晃中忘記了自我。在睡夢中，我們聽見了長長的棕櫚葉發出的簌簌聲，我們呼吸著海上夜晚的空氣。偶爾，一只熟透的椰子墜落在沙子裡，一個慵懶的海浪沖到我們的草鞋旁碎成浪花。星光燦爛的夜空隨著我們的慾望左右搖擺……

半夜醒來的時候，我們睜大了眼睛，一動不動地躺了好久，誰也不敢把自己的直覺講出來。吊床似乎還在無休止地搖晃著。我們起初以為是另一輛行進在旁邊軌道上的火車在輕輕地搖晃著我們……後來，睡在下鋪的烏德金把前額貼在黑乎乎的窗玻璃上，試圖看穿沉沉黑夜。接著，我們聽到了他焦急的驚呼聲：

『我們這是去哪兒？』

火車飛速穿行在泰加森林中。這不是機車在鐵軌上的簡單運行，而儼然是一場高速、有節奏的賽跑。窗外沒有一絲光亮，我們只看到密密實實的泰加森林和鐵路沿線的堆堆白雪。

薩姆海看了看手錶：兩點差五分。

『我們跳車怎麼樣？』我焦急地建議，同時心中升起了一股興奮的醉意。

我們三個都朝著出口走過去。薩姆海打開了門。一截冰冷的杉樹枝抽打著我們的臉頰，使我們喘不過氣來。這是冬日最後的寒冷，寒冬的後衛部隊。寒風、雪塵和泰加森林無邊陰影的毒針……薩姆海砰的一聲關上了車門。

『從這兒跳下去，相當於把自己往狼嘴裡送。我敢打賭，火車至少開了三小時。還有，這麼快的速度……我只認識一個能跳車的人，』他補充說道。

『誰？』

薩姆海眨了眨眼睛，笑著說：『貝爾蒙多！』

我們也笑了起來。恐懼感消失了。回到包廂後，我們決定在火車的第一個停靠站，第一個有人煙的地方下車……烏德金拿出一個指南針，一番精心調整之後，他宣布：

『我們在向東走！』

我們本想去相反的方向。可是，我們有選擇的餘地嗎？

列車的搖晃很快令我們繳械投降，放棄了對睡眠的抵制。在睡夢中，我們三個見到了同一場景：貝爾蒙多推開車門，注視著在滾滾雪塵中飛速後退的夜幕，他站在踩腳板上，縱身跳進泰加森林濃密的陰影中……

清晨，一片靜謐，我們伴著明媚的陽光和清新的空氣醒來。我們抓起帽子和行李袋，衝向出口處。但是車門外面渺無人煙。我們只看見栽滿樹的山崗的一個側面，白色的山頂漸漸浸潤在朝陽清澄的光彩裡……

我們站在敞開的車門前，呼吸著清晨的空氣。它不似斯維特拉雅的空氣那樣寒冷乾燥。它輕盈柔順地進入我們的肺部，好像在撫摸我們。在斯維特拉雅，我們必須先把凜冽的寒風在嘴裡吹熱再吸進去，而在這裡則無需這樣做。眼前綿延的白雪讓我們想起了永久的回暖。山坡上的樹林也和泰加森林完全不同。那些樹枝間透出一種稍微彎曲、略顯矯揉的精緻來。的確，它們彷彿是一幅中國畫上的，這幅中國畫以柔軟的白雪爲背景，浸潤在朝陽的柔光中。樹幹上纏繞著如長蛇般的藤蔓。這是一片在冰層中驟然凍僵的熱帶叢林……

突然，我們在樹叢中看見了一塊橙色……一塊色彩鮮艷的斑點，好像是散落在黑色樹幹和樹枝間的白雪之上的塊塊橙皮碎塊。薩姆海——他是遠視眼——喊道：

『天哪，一隻老虎！』

話音剛落，橙皮碎片就立即組合成一隻威猛的貓科動物。

『一隻烏蘇里虎！』烏德金驚嘆道。

老虎站在離火車二百米的地方，似乎在靜靜地打量我們。也許牠每天早晨都在這個地方穿過鐵路，我們嶄新的列車擾亂了這位泰加森林之王的習慣，牠可能對此感到非常詫異。

火車開動了，我們似乎感覺到這個龐大的身軀緊繃著肌肉準備跳躍以躲避危險……

此後火車一直不曾停站。我們意識到不經意的外出早已變成了一次眞正的歷險。既來之，則安之，我們應該順其自然地去體驗這次歷險。也許這輛瘋狂的列車永遠也不會停止？

烏德金的指南針現在指著南方。天空漸漸被霧靄籠罩，山丘的輪廓變得模糊起來。風從低垂的窗戶捲進來，我們無法判斷它的味道：溫熱？潮濕？自由？瘋狂？

它那奇特的香味越來越濃烈醇厚。機車似乎厭倦了和這股越來越強勁的氣流做鬥爭，嶄新的車廂好像陷入馥郁的空氣中，列車減慢速度，在某個無名郊區緩緩滑行，經過一個長長的月台，最後停了下來。

我們在一個陌生的城市下了車。靈敏的嗅覺指引我們來到一條街上，那裡充溢著我們在火車上就聞到的強烈氣味，我們試圖找到它的源頭。首先，我們看到了低矮醜陋的建築物和半開半掩的倉庫，接著是吊車黑色的起重臂……

突然，世界的盡頭展現在我們眼前！

地平線消失在柔和的輕霧中。陸地在前方幾步遠的地方被截斷。天空在我們腳下延伸。我們在太平洋岸邊停下了腳步。原來是它濃郁的氣息使我們的火車止步不前……

我們沿著從前哥薩克人的足跡，完成了一次精彩的旅行。像他們一樣，我們靜靜地站了許久，呼吸著海藻帶來的大海氣息，憧憬著難以想像的一切。

此刻，我們突然領悟了這次旅行的意義。由於無法到達夢中的西方，我們於是想出了這個迂迴曲折的辦法。我們向東走，一直走到東方的極限。在遠東的這個地方，東方和西方在霧濛濛的大洋深處交會。無意中，我們借用了烏蘇里虎的亞洲式竅門：爲了迷惑追蹤牠們的獵人，牠們用爪子在泰加森林畫出一個大圓圈，然後出其不意地來到獵人身後……

我們也是如此，一邊假裝逃避遙不可及的西方，一邊包抄到它背後……我們把手伸向在卵石下喁喁低語的海浪。我們笑嘻嘻地舔著自己的手指，海水又鹹又澀……

這座城市在一望無際的大海面前顯得如此渺小。它與帝國的其他中等城市——比如涅爾羅格——沒什麼不同：預製板砌成的房子以相同的格局排列著，街道的名稱也是一樣的——

列寧大街、十月廣場——紅色平細布做成的廣告條幅上寫著相同的標語。但是，這裡有海港和隔海相望的鄰居……

在這個地方，西方特徵得到了最好的體現。龐大的白色船隻凌駕於忙碌的碼頭、成堆的貨箱和倉庫之上。我們必須仰頭才看得見它們的名字，並欣賞到那些五顏六色的旗子。

海港的居民絲毫不像涅爾羅格人那樣愁眉苦臉。年輕婦女們穿著淺色大衣，笑容可鞠的；身著黑色外套的水手們飄洋過海之後，貪婪地看著擁擠的人群和紛繁的事物。不時幾句外語傳進我們的耳鼓。我們轉過身，時而看見一個眼睛細長的日本人，時而看見一個蓄著金黃鬍子的斯堪的納維亞人。當然，我們也看見不少標語牌，號召人民努力提高生產效率或者向共產主義的最後勝利大步邁進。可是在這裡，標語牌只起到裝飾作用，它那鮮艷的色彩妝點了美麗的城市畫卷……

婦女們既沒戴圍巾，也沒戴帽子；水手們身穿短外套，頭戴貝雷帽，帽上的黑飄帶迎風招展；外國人衣著高雅，服飾輕便。相形之下，我們感覺自己像是外星人。羊皮襖、厚實的護耳皮帽和笨重的氈靴表明我們來自冰天雪地的西伯利亞。但奇怪的是，我們一點也不覺得難爲情。我們很快就捕捉到了街道殷勤好客的本色。它們歡迎來自來天涯海角、見過大世面的人們。我們走在熙熙攘攘的人群中，呼吸著海風的氣息……我們不再是從前的我們！

我們是自己夢幻的主角：情人、戰士、詩人。

我那雀鷹般的眼睛在空中截獲了婦女們瞥過來的眼光。薩姆海神氣十足地向前邁步，嘴唇上帶著一絲微笑，眼中流露出些許倦意——他像一名戰士，在漫長的戰役中剛打完一場勝仗。烏德金第一次發現根本沒有人留意他走路的樣子。因爲在街上，人們只能以這樣的姿勢走路——海風吹開了婦女淺色大衣的下襬，吹動了水手肥大的褲子，吹得外國人步履蹣跚。烏德金的肩膀斜向天空，這非常自然，在這裡，所有的行人都像要被太平洋的海風吹走。此外，可看的東西那麼多，我們經常停下來一飽眼福。烏德金很欣賞這樣的休憩，因爲沒人看得出他一瘸一拐的步履了……而且在這條街上，根本沒有必要掩蓋這一缺陷——相反，在這人聲鼎沸的大街上，他的殘腿變成了獨特經歷的象徵……

『要是能買點吃的就好了，』詩人提議道。

『我還剩十四戈比，』情人說道，『買個圓形大麵包，足夠三個人吃了。』

戰士沉默不語。接著，他一言不發地向著小廣場中央的一群人走去。那裡有人在交換貨包，驗看服裝、鞋子。這是一個海港集市。薩姆海在人群中消失了幾分鐘，一會兒又面帶笑容地出現了。

『我們去餐廳吃午飯，』他對我們宣布。

毫無疑問，薩姆海剛剛賣掉了他的『犀牛』——一個拇指指甲大小、側面像犀牛角的金塊。他以前常對我們說要把它用在一個特殊場合……

餐廳的服務生們遲疑地打量著我們，也許在考慮該把我們攆走，還是讓我們留下。最終，薩姆海堅毅的神情和沉著的語調征服了他們。有人給我們遞上菜單。

在餐桌上，我們談論著貝爾蒙多，描繪著他的傳奇故事，卻隻字不提他的名字，彷彿故事的主角是我們的親友或者我們自己。我們的對話既像上流社會的閒聊，又好似密探之間的交談。

『他不該捲入名畫失竊案中去，』薩姆海一邊切牛排一邊評論。

『對，尤其不該去威尼斯！』烏德金饒有興致地準備加入遊戲中來。

『哦，至少，他應該先甩掉情婦，』我詼諧地插了一句，『懷裡摟著個脫得赤條條的光屁股的女人，而且，她的丈夫惱怒得像隻瘋狗。要知道，對於一個間諜來說，這無異於自殺……』

臨桌的客人們停止了談話，朝我們這邊轉過頭來。很顯然，我們的對話激起了他們的好奇心。三個服務生一臉不高興和不屑一顧的神情。他們不知道我們是頭腦發熱的年輕農民，還是眞正環遊過世界的三個小水手。

終於，一個服務生忍不住了，走過來朝我們咧了咧嘴，咕噥道：『喂，年輕人，快點結帳，回學校去吧！大家厭倦了你們的無稽之談……』

我們瞥見臨桌客人的臉上露出了好奇的笑容。我們的『三人幫』太怪異了，連這家海港餐廳的人們也難以接受。

薩姆海瞥了服務生一眼，目光中含著寬容和少許揶揄，他稍稍抬高聲調，好讓全餐廳的人都能聽見：

『等一會兒，我還沒有抽完我的最後一支雪茄呢！』

然後，他拿出一個精美的鋁製煙盒，從裡面抽出一支二十多厘米長的眞正的哈瓦那雪茄。他利索地切下一小截，把它點著。

吐出第一團刺鼻的煙霧後，他對驚呆的服務生說：

『你忘了給我們拿煙灰缸，年輕人……』

這一招取得了驚人的效果。臨桌的人們掐掉了劣質的香煙；服務生們目瞪口呆，最後溜進了廚房。薩姆海把身子往椅背上一靠，眯起眼睛開始享受雪茄帶來的美妙感覺。他目光迷離，遊弋在一個遙遠的夢境中。在那裡，貝爾蒙多送來熱情的微笑……

就這樣，我們吃掉了薩姆海的金『犀牛』。因爲太倉卒，所以賣價很低。我們用剩下的盧布在一輛夜車的三等車廂裡買了三張坐票。車廂裡座位沒有編號，到處都是乘客和混雜的行李，車頂一盞昏暗的燈映照著一張張平庸的臉和厚厚的服裝。牆上的收音機正在播送晚間新聞：

『……爲了慶祝……誕辰七十週年……公社決定將……提高百分之十一……』

火車咆哮著開動了，好似道別的長嘯聲讓我們最後感受了一次太平洋清新朦朧的氣息……旅客們鬆了口氣——總算開車了！——開始從背包裡取出紙包著的食物。車廂裡充滿了烤雞、醺香腸和融化的奶酪的味道。我們受不了這些氣味，於是爬到了行李架上面。人們的談話聲被車輪的隆隆聲蓋去了不少，但仍然傳入了我們的耳中。這滔滔不絕的對話中混雜了一切：講述暴風雪導致的幾次爲人熟知的火車誤點；擔心凍魚融化，滴到鄰座旅客的大衣上；描述獵人的歷險；猛烈攻擊『掠奪我們的泰加森林』的日本人；當然，不可避免還有對戰爭年代的回憶，中間不時被『史達林時代，社會秩序強多了』的陳腔濫調打斷。

鐵軌的喀嚓聲弱化了車廂裡的聲響，一個男人四平八穩的聲音浮現出來。這是個俄羅斯化的中國人，看不出年齡，臉龐圓圓的，細長的黑眼睛熠熠閃光。他坐在角落裡，滔滔不絕地講述著他在河岸的生活經歷。他滔滔不絕地敘述著，形成一個驚心動魄的傳奇故事。我們不知他在向誰講述，總之，他是這裡最沒有睏意的人。其他乘客早就不再出聲了，擠在硬硬的長椅上，試圖在鄰座的腳和胳膊肘之間找到最佳的安身之地。可是這個看不出年齡的中國男人的故事沒完沒了，他那單調幼稚的聲音塡滿了整個黑暗的空間：

『……當時已經是六月份，可是突然開始下雪了。我的土豆凍上了，我的胡蘿蔔也凍上了，所有的東西都被凍住了。河流膨脹得更厲害了。沒有魚，於是尼古拉對我說：每打死一頭狼，就可以到城裡的狩獵管理局領五十盧布的獎金。我對他說：可是必須先殺狼。他回答說：我們要去「種」狼。我問：怎麼「種」狼？就像種土豆一樣呀，他回答道。他也是這麼做的。我們一起進到泰加森林，找到了狼穴。母狼不在，穴裡有六隻小狼。但是，狩獵管理局對小狼不感興趣。尼古拉把小狼的爪子用鐵絲牢牢的套了起來，然後我們就走了。他對我說：母狼永遠也不會拋棄自己的孩子。小狼們會長大。可是牠們不會走路……秋天的時候，我們回到那個地方。尼古拉把小狼們全打死了，爲了節約子彈，他用的是一根大頭棒。我幫他把狼拖上了四輪馬車，運到城裡。在狩獵管理局，他得到了三百盧布。爲了慶賀，尼古拉買了八瓶伏特加。他喝得醉醺醺的，醫生說他的腸子被燒壞了。後來，人們把他埋了。他老婆用剩下的錢買了一塊黑色花崗岩石。可是抬石頭的工人們喝了酒，所以……』

我忍受不了他的話音，於是塞上了耳朵。但是，儘管聽不到他的聲音，他的敘述彷彿滲入了我的頭腦——我能輕而易舉地猜到故事的結局，因爲這樣的故事我已經聽了很多：他們喝了酒，石頭掉下來，碎了……

我再也忍不住了，衝下狹窄的行李架，沿著過道在行李和睡得昏昏沉沉的乘客的腳之間跑起來。我穿過了兩節車廂，那裡同樣人聲嘈雜，充滿了食物的味道，擁擠的乘客們被顛來顛去——最後幾節車廂總是這樣。接下來是幾節二等臥鋪車廂，乘客們的腳——光著腳或者穿著厚羊毛襪——阻塞了狹窄的過道。我必須靈巧地避開它們……後來，我跑到了一個空無一人的過道裡。所有包廂的門都栓上了。這節車廂的人們已經入睡了……

接著我又穿過了三、四個飄滿香皂味的空蕩乾淨的過道。我感覺目的地就要到了……神秘的臥鋪車廂，夢中的車廂……裡面睡著幾位在這片荒蠻廣袤的土地上探險的西方人。

我推開車門呼吸空氣，就在這個時刻，我看見了她！

她站在位於過道和出口處的狹窄空間裡的車窗前，目光迷失在西伯利亞沉沉的黑夜裡。她在抽煙。那是一支纖長的棕色香煙，我立即聯想到了薩姆海的偶像。她的肩上披著一件輕盈光亮的皮襖。在這節豪華車廂柔和燈光的映襯下，她的臉顯得一點也不鮮亮。細緻的臉部輪廓略帶歸程寧靜的蒼白……

我在離她幾米遠的地方停了下來，彷彿與籠罩著她的無形光暈撞個正著。我貪婪地盯著她，那拿著香煙輕輕撩開皮襖下襬的手，那穿著高統皮鞋踩在牆邊的腳。她那裹在暗色透明長襪裡的膝蓋令我著迷。柔弱的膝蓋令人不禁聯想到她的美腿，它肯定不像電影中美女的腿那般圓胖、呈古銅色。她的大腿應該是纖長矯健的，她那天鵝絨般的肌膚應該有著鍍金的光彩。

儘管我年紀小，也不怎麼開化，但我領悟了這張臉、這個身體的奧秘。我不用去猜想，甚至不用說出我碰見了誰。但是，纖長的香煙的味道和膝蓋的光澤對我的直覺而言已經足夠。我看著她，感到她的護身光環漸漸消失。我真想撲上去，熱吻輕咬她的膝蓋，撕碎長襪，把我狂熱的臉頰伸得更高更高……這些奢望不再那麼遙不可及。

黑夜中的女乘客可能猜到我正受著煎熬。一絲微笑掠過她的面龐。她確信自己的光環是不可侵犯的。這個身穿羊皮襖，頭戴護耳皮帽，身上透出炭火和雪松樹脂味道的小野蠻人就站在離她兩步遠的地方，這使她感到有趣。『這隻小熊從哪裡來？』她也許在笑著思忖，『他好像要吞掉我……』

注視她是一種酷刑，我忍受不了這種折磨。血在太陽穴周圍沸騰，反覆回響的這個句子毫無意義，卻又說明了一切：『西方女人！這是一位西方女人……我見到了一位活生生的西方女人！』

就在這時侯，火車放慢了速度，爬上了一座長無邊際的大橋，在響聲變得更大的鐵軌上笨重前行。粗大的不鏽鋼横木一根根在車窗後閃現。我衝向車門，抓住門把用力向外推，可是，腳下強大的風力和深邃的黑夜把我倒推了回來。

我們正在穿越愛河。

河流在無邊黑夜中解凍，這情景與宣傳『人民的革命意識覺醒』的影片中象徵性的冰塊下瀉不可同日而語。那些象徵性的東西華而不實的本質讓我們倒胃：某個頭腦發熱的知識份子欣賞了涅瓦河解凍的場面後，當即決定投身革命……

不，愛河不在乎是否有人在欣賞它。它似乎是靜止不動的，因爲黑夜中的孕育過程非常緩慢。我們看見一片雪野張開如巨大的眼瞼。黑色的眼珠——河水——似乎變寬了，成爲了另一片天空，一片倒置的天空。一條神奇的巨龍在甦醒，慢慢從舊皮、從鱗片中脫開身來。這多孔的舊龍皮裂開了暗綠色的縫隙，形成了皺褶，斷裂開來，碎片噴濺到橋柱子上。我們聽到強大的衝擊聲，它的餘波震得車板發抖。巨龍發出一聲沉悶的長嘯，摩擦著花崗岩石柱，它的利爪劃破了河岸平整的積雪。風帶來了太平洋的輕霧和草原的寒冷氣息，巨龍的頭伸向太平洋，尾巴隱沒在大草原中……

我漸漸從遐思中回過神來，看著眼前這個西方女人。她泰然自若的神態讓我震驚。這場景似乎令她開心，但此外再沒有別的意義。我看著她，真切地意識到她那透明的光環比想像中的難以穿透得多。『這是愛河在解凍』，我在她的唇上讀出這一信息。是的，這個夜晚是如此獨特、神秘，它將成爲日後聊天的好題材。

而我，我什麼也不明白！我不明白愛河上強大的風在哪裡停息，我的呼吸、我的生活從哪裡開始。我不明白爲何這陌生女人的膝蓋令我備受煎熬，爲何在我的嘴裡，這膝蓋會與充滿著大海氣息的輕霧有著同樣的味道。我對這女人一無所知，怎麼會如此強烈地感受到她大腿的柔軟，怎麼能想像她那閃著金色光澤的肌膚任憑我的手指、臉頰和嘴唇撫弄、親吻。爲什麼她那金色的身體會散發出灼熱的氣息？如果我能猜出其中的奧秘，佔有她就不再重要。爲什麼我如此強烈地渴望將這身體的熱量在黑夜原始的氣息裡消散……

我一點也不明白。但是，無意識地，我體會到一種快感……

橋上的最後幾根橫木在我眼前閃過。愛河重新融入黑夜。西伯利亞火車鑽進了寧靜茂密的泰加森林中。

我看到黑夜的女乘客在固定於牆上的煙灰缸裡掐掉了剩下的香煙……我沒有關上車門就在車廂中飛跑起來。

我知道我將重新回到東方、亞洲和神秘中國人無休止的故事裡。在那裡，生活中的一切既是偶然，又是命定，人們像草芥一樣漠然接受死亡和痛苦。在那裡，一隻母狼每晚爲爪子被鐵絲套住的六隻小狼帶來食物，看著牠們吃東西，不時發出一聲哀鳴，彷彿牠已經猜到有人會殺掉小狼，而且小狼死後不久，殺死小狼的人也會很離奇、凄慘地死去。誰也說不清爲什麼事情會這樣進行下去，只有擁擠不堪的車廂深處的單調故事能夠解釋這些荒謬的東西……

我穿過一個又一個過道，一節又一節車廂。有的過道裡空空蕩蕩，有的過道裡塞滿穿羊毛襪或者赤裸的腳丫子，有些車廂裡只聽見沉重的呼吸聲和睡夢中的呻吟，有的車廂裡還回響著關於戰爭、勞改營、泰加森林的沒完沒了的講述——這些車廂將我們同西方分離開來。

我爬回行李架上狹小的空間，在黑暗中對躺在對面的薩姆海嘀咕道：

『亞洲，薩姆海，亞洲……』

短短一句話，卻說明了一切。我們感到無能爲力。亞洲把我們牢牢套住，用它廣袤的空間、漫長的冬季和一個俄羅斯化而又瘋瘋癲癲——兩者其實是一回事——的中國人在昏暗角落裡講述的無休止的故事。這擁擠不堪的車廂就是亞洲。但是，我看見了一個女人……一個女人，薩姆海！……在列車的另一端。遠離成堆的骯髒旅行包和往下滴水的裝魚的網兜，遠離反覆講述著戰爭、勞改營的幾百名乘客。這個女人，薩姆海，她象徵著貝爾蒙多引導我們探索的西方。但是，貝爾蒙多忘了告訴我們應該選擇好車廂，我們不可能同時身處兩地。火車很長，薩姆海。當我們還沉醉在愛河的原始氣息裡，西方女人的車廂已經穿過了愛河……

我甚至不知道薩姆海是否聽見了我在黑暗中脫口說出的這些沒有頭緒的話。我談起那個西方女人，她穿著我們從未見過的透明絲襪，襪裡的膝蓋透出迷人的光澤。然而，講得越多，我越覺得抹去了我們邂逅的扣人心弦之處……最後，我沉默了。薩姆海沒有出聲，倒是烏德金（我們是頭對腳，腳對頭地躺在行李架上。）說話了，他緊張地輕聲問：

『那我們呢，在哪兒？』

薩姆海解答了這個問題，他的聲音好像剛從長夜的思索中走出來：

『我們是鐘擺。在兩者之間……俄羅斯是一個鐘擺。』

『也就是說很隨意，』烏德金咕噥著，『既不是這個，也不是那個……』

薩姆海在黑暗中嘆了口氣，轉過身平躺著，接著低聲說了一句：

『小鴨子，你要知道，既不是這個也不是那個，這本身就是一種命運……』

我驚跳著醒過來。烏德金在睡夢中用腳踢了我一下。薩姆海也在酣睡，長胳膊在半空晃來晃去。『亞洲……西方……』原來一切都是一場夢。烏德金和薩姆海對於我和西方女人的邂逅一無所知。我感到一陣奇怪的欣慰：他們的西方絲毫未損。那個中國人還在角落裡嘟嘟囔囔：

『……這個鄰居從戰場上回來後娶了另一個女人，如今他的三個孩子已經成年了，他最初的女人，他的未婚妻，早已被遺忘。可是，那女人照樣每天晚上到河岸去等他，指望他回來……從打仗那會兒起，她就在等他……等待……等待……』

第三部分

14.

『我最後一次去巴黎是一九一四年六月……父親覺得我已經長大了，可以登艾菲爾鐵塔。我當時十一歲……』

四月的一個晚上，在被雪堆包圍的一間樅木屋裡，奧爾嘉開始講述她的故事。

我們從『西方』返回後，即遠東之旅後，薩姆海認爲我們夠成熟了，可似了解奧爾嘉的秘密了。他以簡短而嚴肅的語句向我們揭開了神秘面紗：

『奧爾嘉是個貴族，她到過巴黎……』

我們驚呆在那裡，儘管成堆的疑問在頭腦中嗡嗡作響，可是烏德金和我誰也提不出一個問題來。有人去過巴黎這一事實令我們驚詫不已……

我們聆聽奧爾嘉的敘述。茶爐發出悅耳的滋滋聲，彷彿在輕聲嘆息。雪花輕輕扣擊著窗玻璃。奧爾嘉用一把銀色的梳子將灰色的頭髮在腦後挽成一座漂亮的山巒。她穿著一件我們從未見過的鑲黑色花邊的長裙。她的話語中透著夢幻般的寬容，似乎在說：『我知道你們會說我是個老瘋子……我的瘋狂就在於經歷過一段美妙的時光，一段你們根本無法想像其富庶和美麗的時光。我的瘋狂在於見過巴黎……』

我們傾聽著，半信半疑地發現，那時候西方幾乎近在咫尺。人們去那裡度假！更妙的是爬上一座塔！……我們驚訝得目瞪口呆。這麼說來，西方並非一直是禁地，並非只有在電影中才能接觸到？

不，在奧爾嘉的記憶裡，這塊禁地是如詩如畫的聖彼得堡郊區。一天，她家來了一位名叫韋爾耶的小姐，她教小奧爾嘉學一種奇特的語言，其中有富於感性的顫音『r』……『我的法語當時相當不錯，』奧爾嘉對我們說，『爲了讀懂姐姐藏在床頭櫃裡的小說……在去巴黎的火車上，我第一次成功地把手伸向了一本「禁書」。那天，姐姐走出車廂時把書忘在鋪位上。我朝過道裡瞟了一眼：姐姐正在和韋爾耶小姐聊天。我翻開書，一眼就看到一個精彩的場景，我很快忘了周圍的一切……』

奧爾嘉又給我們倒了一杯茶，接著翻開一本發黃的書，輕聲讀起來……

她是用法語念並給我們翻譯過來或者做了概述嗎？或者是一篇俄文？我記不起來了。那晚，我們既沒記住書名，也沒記住作者的名字。我們的頭腦中只有那束由一系列影像組合而成的眩目強光，它在頃刻間淹沒了積雪覆蓋的樅木屋。

故事發生在浪漫的巴黎，那是一次上流社會的晚宴。豪華的晚宴過後是化裝舞會……金碧輝煌的裝飾、金光閃閃的燭台、衣冠楚楚的賓客、豐盛的宴席、光彩照人的女賓、佳餚、美酒、吊燈、鮮花。一位年輕人與坐在對面的情人眉目傳情，互遞熾熱的情焰。突然他不留神將餐叉掉到地上。他低下身輕輕掀起桌布……世界一下子崩潰了！情人美麗的小腳就擱在他最好的朋友的腳上，並輕輕撫弄著它。他們的腿交叉在一起，不時互相靠攏……當年輕人抬起身來時，情人的笑容依舊燦爛……他逃走了，從愛情的廢墟中落荒而逃……

女人的纖足撫弄著自己情人的摯友的腳，兩人的腿在桌布下面交疊纏繞在一起，餐叉掉到地上……對於這一切，我們無話可說。我們的生活中從不曾有過這樣精緻的艷情場面。我們絕望地發現，在我們周圍沒有這樣優美的小腳會如此絕情地背叛愛人，去撫弄他人的腳。我們看到的是笨重的黏靴和凍得皴裂發紅的手……

奧爾嘉繼續讀著小說。年輕人指望從情人的女友那裡獲得慰藉。至少她應該能理解他，分擔他的痛苦。她是那麼善解人意，富有同情心。她像個大姐姐一樣向不幸的年輕人張開了溫柔的翅膀……但是，年輕人正在哀嘆之時，突然發現坐在壁爐前面的女人的裙子下襬散開了——當然是因爲不小心——露出了膝蓋，甚至細膩肉感的大腿。穩重的年輕人猜想是自己的傾訴使她太過激動，以致疏忽大意了。他把目光轉向別處，希望她最終能覺察到這個不雅的細節。過了一會兒，他偷偷向她瞟了一眼：她的膝蓋和大腿似乎裸露得更加厲害了。一種莫名的直覺閃過腦海：大姐姐撩人的肉體在向他發出信號，邀請他在她的大腿間忘卻自我！

兩人目光交接的瞬間，年輕人發現她的眼中充滿了情慾……

確實，我們在那晚發現的西方情愛是這般難以想像，這般錯綜複雜，什麼東西能與它相提並論呢？哪個詞語能夠闡明這個艷情場面與色情的細微差別呢？那個女人坐在椅子上，將一條腿精心裸露在外。她繼續傾聽遭背叛的年輕人的痛苦傾訴，對他深表同情，同時偷偷掀起了裙邊……不，這自相矛盾的情慾在我們的泰加森林找不到等同物！

三個人當中，只有我能想像那位露出閃著玫瑰色光澤的大腿的女人的樣子。因爲我見過她！她是我從太平洋歸來那晚碰見的女乘客。就是她。她也是那位不忠的情人，在桌下撫弄背棄朋友的男賓的腳。我認出了她那白皙的肌膚和踩在牆邊的雅緻的皮靴。『天知道，』我在奧爾嘉念書的那晚思忖，『要是我當時沒有傻乎乎地逃走，那女人撩起皮襖下襬後，也許會一邊聚精會神地望著漆黑的窗外，一邊慢慢撩起裙襬！』

這麼說來，貝爾蒙多在列寧大街上向我們投來的微笑不無含義：西方不僅有海濱浴場、美麗的度假女郎和令人目眩的驚險電影鏡頭，還有貪婪的肉慾、驚人的墮落、精緻的艷情把戲、複雜的情感糾葛……

我們在這個未知的大陸邊緣駐足，本世紀初的一個小姑娘是我們的嚮導。在聖彼得堡——巴黎的火車上，她翻開了一本小說，映入眼簾的幾行文字讓她著迷：

情人約我在夜晚相見，我一邊凝視著她，一邊慢慢把酒杯放到唇邊。當我轉身取餐巾時，餐叉掉了下去……

我一直在想著那個住在積雪覆蓋的樅木屋裡的紅髮女人。我的記憶變得清晰。我發現了西方，所以那個暴風雪之夜不再具有悲劇色彩——紅髮女人自然而然轉化爲我的初戀情人，第一個被我征服的女人。我熱切的期盼著愛情故事的續篇。我似乎已經看見了未來的情人們：一會兒是有著古銅色肌膚的健美女間諜，和我在溫熱的海灘上忘乎所以地進行熾熱的肉搏戰，一會兒是風情萬種的憂鬱女子，身上散發著頹廢邪惡的魅力……

紅髮女人變成這些幻影的物質實體——如黏土似岩漿的肉體。我不想知道她的姓名，我只需要眞眞切切感受她的肉體、乳房和大腿的重壓以及她臀部的熱度。我精心雕琢並賦予其西方夢幻的正是這一主體。對，就是這塊聽任西方刀法雕琢的未定型的原材料。暴風雪之夜的躁動與紊亂披上了愛情的外衣，紅髮女人龐大的身軀裹上了美麗的服飾，腿上套著閃著透明光澤的絲襪。在昏黃的燈泡下艱難做愛的場面，如今只剩下熱烈擁抱的感覺，這種感覺在豪華車廂中柔和的燈光下一點一滴地滑向一間燈影閃爍的沙龍，壁爐對面，一個女人偷偷地解開衣衫，露出風情萬種的軀體……

西方的光輝驅走了那夜的混亂。如今，攤放在被子上的照片、女人的眼淚和笨拙的醉態，所有這些在我眼中只是些被靈巧準確的刀法去掉的黏土碎片。

我的眼中滿是假想的女人胴體。紅髮女人一直浮現在我眼前，穿著新服飾的她——我的西方手法已將她改變——不再陌生。自那夜起，我忘記了她臉上的表情。大雪、疲勞和醉酒使她變得像一幅褪色的水彩畫。而這更方便了我創作愛情雕塑。

奇怪的是，紅髮妓女的身體越模糊，我越想再見她，重溫第一次的感覺，但要以一種全新的目光。從她那裡為我的幻影儲備些肉體岩漿。佔有她臃腫凋謝的身體，從中汲取感性素材，然後精心雕琢。在等待西方的同時，使用她龐大身軀裡豐富的儲備。

而且，再次見她對我而言有著重要的象徵意義。我受不了這種『非此亦非彼』的命運。應該做出選擇。我們的生活不能在瘋癲的中國人喋喋不休的故事和貝爾蒙多的世界之間搖來晃去，不能在東方和西方之間舉棋不定。所以，我們的選擇將是決定性的。再見紅髮妓女就意味著與東方童話的決裂。從此一去不回頭。

15.

我考慮了很久才決定去凱代。日子一天天過去，我身邊從來不缺少夥伴。看十八點三十分的電影或去奧爾嘉那裡喝茶，我們的空餘時間總在一起度過。

四月的一個夜晚，溫熱而靜謐，爲我與紅髮女人的重逢創造了條件……

下午的時候，我們預感到冬天就要打響最後一場保衛戰。空中陰雲密佈，天氣變得暖和，一場暴風雪正在醞釀之中。大片的雪花開始在令人眩目的大風中飄舞。最後一場暴風雪開始了。冬天似乎妄圖以懶散柔弱的風雪向將至的春天顯示它的威力。它好似一隻飛行了七個月的大鳥，疲憊不堪，絕望地拍動著白色的巨翼飛走了，把我們的樅木屋留在了它柔軟的白色絨毛下面……

第二天，白雪覆蓋的村莊甦醒過來。但這次，我們明顯地感覺到冬天就要結束了。我用一把膠合板製的鏟子挖雪，晶瑩輕柔的白雪在鏟下自動坍塌，慵懶地倒下來。雪層之上的太陽已完全是春天的太陽，它在積雪的煙囪上方，在發黑的屋脊上，閃著溫熱的光芒。一陣濃烈的芳香從泰加森林傳過來，那是生命旺盛的植物甦醒時發出的撩人氣息。一隻碩大的寒鴉棲息在一株矮小的楊樹上，欣喜若狂地鳴叫著。牠一看見我從洞中鑽出來就振翅飛走了，把歡叫聲填滿了整個天空。過了一會兒，四周恢復了寧靜，在燦爛的陽光下，我聽見了水滴的私語聲，那是被陽光曬暖的屋頂上積雪融化形成的水滴。第一條小溪悄悄誕生了……

晚上，我向凱代進發。我不是從村莊直接到那裡，而是繞道從涅爾羅格市過去的。我剛在城裡買了一樣我的手此前從未沾過的東西：一瓶白蘭地。瓶體扁平，很容易放進皮襖上的口袋裡。我不時把它拿出來，喀啦一聲擰開瓶塞，美美地呑下一小口辛辣的白蘭地。

我的眼中只有紅髮女人的身軀。每喝完一口酒，我對它的控制就越得心應手，我粗暴地緊摟住它，在其中尋找我的夢幻將要雕塑的東西。我越來越自豪於自己藐視一切的男子氣概。我從中看到了與過去決裂的跡象。是的，我應該藐視這個不定型的龐大身軀，侮辱它，迫使它在我倨傲的氣勢前低頭。一走進那片籠罩在赤褐色光線中的平原，我就興奮不已地想像那個黏土般的肉體。我用手指抓住她的乳房，拉扯它，揉捏它，蹂躪它那粗糙的肉質部分。我的手不再像上次那樣傻乎乎地緊摟住她的肩膀，而是伸到她柔軟臃腫的大腿下面。我感覺自己是個雕刻家、藝術家，從慷慨而無形的藝術原型那裡汲取素材。我還覺得自己是個西方人——一個用高貴的思維來闡釋慾望、愛情和女人胴體的人。

奧爾嘉每天給我們念書，這使我對這種思維的理解日益加深。我確信美妙的思維能將最隱晦的感情表達出來。甚至能闡釋這一現象：我居然來找這個女人，我從未愛過她，更何況她那鬆弛的龐大身軀令我害怕。在我的頭腦中，再見紅髮女人的想法漸漸與那位知心女友邪惡的優雅聯繫在一起，她慢慢露出白皙紅潤的大腿，眼中閃動著近乎母性的同情……

的確，有時候我覺得自己很邪惡。正因如此，我長大了，我擺脫了頭腦中那些糾纏不清的微不足道的情感波動。我很邪惡，我明白這一事實，所以我是一個西方人！我是自由的，我可以對那個等待我的肉體從容不迫地爲所欲爲。然後我將離開，那個紅髮女人還不知道這是我們的最後一次約會……

帶著領悟了一切的喜悅心情，我在俯臨奧雷河谷的一個大雪堆頂上停下了腳步。夕陽照得我瞇起了眼睛，我擰開瓶塞，吞下了一大口淺褐色的液體。它那洋味十足的名字在我耳邊回響。在我的頭腦中還回響著幾個明顯帶有西方意味的句子，它們完美地表達了我將要經歷的一切：

我不知道是哪股絕望的力量把我推向了這裡，一股隱隱約約的慾望襲上心頭，我渴望再次佔有她的身體，把所有苦澀的淚水灑在她美妙的胴體上，然後與她雙雙自殺。總之，我既痛恨她，又狂熱地愛著她……

在火車站，我毫不猶豫地抬腿走進了候車大廳，一臉勝利者泰然自若的表情。從太平洋的港口城市返回之後，這裡的一切在我眼中都顯得矮小而土氣：積滿灰塵的列車時刻表，燈具那不透明的玻璃外罩，攜帶著鄉氣十足的行李的幾名乘客。我走進了小候車室。我感覺已經看到了她的紅髮在椅子上方射出的光澤……但是，她不在那裡。我十分吃驚地在候車室裡找了一圈：報刊亭玻璃上貼著笑容可掬的宇航員們的畫像，餐廳裡那個女店員昏昏欲睡，窗玻璃上結了霜……一切如昨，我無法想像紅髮女人居然沒有到場，尤其在這個暴風雪的日子……這個重大抉擇的日子！

我來到月台。列車在厚厚的雪被下沉睡著。一個女清潔工拿著一把大鐵鍬正在慢慢地挖一條通往倉庫的小道。『這個時候她能去哪兒呢？』我在小鎮靜謐的夜色中煩躁地思忖著。

突然，再簡單不過的答案浮上了我的腦海：『我眞笨！她當然是和某個男人在一起……那男人正在「搞」她！』

一陣邪惡的快感使我唇邊泛起了壞笑。我迅速穿過車站，從雪堆中間的小道走向凱代的另一邊，朝著紅髮女人的樅木屋的方向……

『對，我要在離門兩步遠的地方等著，』我心裡想道，『等著那男人「搞」完她……』我邪惡的慾望變得越來越強烈。被酒灼燒的嘴唇感到了這種慾望的味道。紅髮女人的身體將保持著熱度，一團火熱的肉體將任我揉捏……

我只看得見樅木屋的屋頂，帶黑蓋的煙囪，半掩在雪中的樺樹和樹上小小的鳥屋。太陽已經淹沒在泰加森林那圓齒狀的流蘇裡。在這個藍瑩瑩清幽幽的四月的暮色中，樺樹枝、屋脊、潔白的雪堆的輪廓都顯得異常清晰。在這片靜謐中，一種怪異的超然令我感覺自己像一根拉緊的彈簧，極度緊張。

我看見了雪中一串長長的足跡：那裡是通向木屋大門的小道。我小心翼翼走過去，不讓人聽見自己的腳步聲。小道上籠罩著夜晚紫色的陰影。

密實的雪道一直向下延伸到木屋的大門前。我在狹窄的雪道中俯身審視深不可測的木屋……我大吃一驚：木屋的門沒有關閉。柔和的燈光映照著屋前的台階和門檻。我聽到一陣劈啪聲，那是人們平常用斧頭劈燒爐子用的木柴的聲音。對了，也許有人正在劈柴，也許有人已經打開了木屋的大門來透透空氣。這熟悉的聲音讓我驚惶失措。應該馬上下去嗎？還是再等一會兒？

正在這時候，我聽到了她的歌聲……

歌聲似乎來自遠方，彷彿穿過了無窮遠的距離才開始在這間雪中木屋裡飄揚。雖然聲音十分微弱，但歌中透著一種眞正的無拘無束：這歌曲是人們在孤獨中爲自己、爲風兒、爲寧靜的夜晚而唱的。歌詞隨著呼吸的節奏飄出，不時被木柴發出的斷裂聲打斷。歌詞並無抒情的對象，在不知不覺中與藍色天幕下清冷的空氣、白雪的氣息和幽幽的夜空融爲一體。

我停在那裡，聆聽來自白雪深處的歌聲。

歌中唱到的故事非常簡單。那是任何一個女人在夜晚對著跳躍的火焰都可能會想起的歌曲。一個女人絕望地等待心上人——那隻快樂的小鳥已經飛走了！——草原上的寒流摧殘了夏天的花朵……

這個故事，我已爛熟於心。因此，我只注意聽曲調。結果，我什麼也沒聽懂！

歌聲純樸溫柔，深邃的天空中布滿了初現的星星，近處的泰加森林送來沁人心脾的氣息。孤獨的樺樹靜靜地佇立在淡紫色的暮色裡，樹上的鳥屋依舊空空蕩蕩。

我在雪道上站起身來，朝四周望去。歌聲在天空下消散，又從我腳下紫色的暮靄中湧現，它似乎把清澄寧靜的夜晚和我們兩人——如此接近卻又這般不同的兩個人——神秘地連接在一起。在這種神秘的和諧中停留的時間越久，我那些狂熱的夢幻就顯得越發沒有意義。在我年輕微醉的頭腦中，許久以來令我興奮不已的辯論台詞逐漸歸於平庸。首先是單調如車廂中那個老中國人的話語：生活就這樣繼續下去，一個紅髮妓女的身體滿足男人們的慾望，但無論他們年輕或年老，他們都會死去，另一個棕髮或者金髮的女人會來到這裡，別的男人們將在她的身體裡尋求著並不存在的愛情火花；還會有冬去春來的輪迴，還會有暴風雪，還會有如歡愛般短暫的夏季，在這個女人的生命中，總會有一個晚上，她坐在爐火前輕聲哼著一首無人傾聽的歌曲……

亞洲的聲音在我頭腦中不動聲色地說教著。

另一個聲音打斷它，低聲反駁道：第一次你太幼稚、頭腦發昏，現在你應該試著去享受思考的樂趣、理解的幸福。去吧，去和這個女人的身體，和你的感覺一起譜寫一篇美麗的愛情故事。想像一下這個愛情故事，講講這個愛情故事吧！

這些話語的回音平息了下來……我遠離紅髮女人的樅木屋，在雪地裡背靠一棵雪松樹幹坐下來。我摘掉帽子，解開皮襖。陣陣寒風吹過我濕潤的前額。一顆星星在低空下閃閃發光，像一滴似墜非墜的淚珠。我正經歷的時刻也有淚珠般脆弱的純淨。整個夜的世界像一塊充滿活力的水晶，被懸掛在一個隱形人正在抖動的睫毛上。我感覺他的大眼睛正審視著我。我置身於這顆脆弱的淚珠極為澄淨的內層空間裡。

從狹窄的雪道那邊傳來紅髮女人隱約的歌聲。是的，是那個身體臃腫的女人的聲音，她的臉被那些在她身上發洩慾望的男人們的目光磨損，她永久地等待一輛並不存在的火車，她保存著精心修飾的照片，臉上掛著酒醉後的淚水……

她是飄升到第一顆閃爍的星星上的歌聲，是籠罩在微藍透明的夜色中的雪野，是被撥旺的爐火，是包容整個深邃的天空的巨大眼睛，她是這一切，但又與這一切全然不同。

我的睫毛顫抖著，一切都消散了，一切都混雜了。一股熱流使我的臉頰發癢……

我從未在深夜回村莊，也從未在俯臨奧雷河的雪丘頂上走過這麼久。我慢慢前行，根本不去考慮可能會碰到什麼危險，也沒想到隱藏的狼群。在這樣的時刻，人們總是受到命運的關照，像夢遊者那樣被月光指引……我徒然試圖回想起紅髮女人的臉。我的腦海中浮現出淺色水彩畫上一個黯淡的橢圓形，我在那裡尋找著她臉部的輪廓。突然，我想起了那些照片。懷裡抱著小孩的一個年輕女人，陽光燦爛的草地上的身影，波光粼粼的河流……我看著這些微笑的眼睛向前走去。

就像某個人的縮寫簽名在一大堆花體字中間被猜出一樣，黯淡的橢圓形突然變得清晰起來。紅髮女人用照片上那個陌生的年輕女人的眼睛看著我。她又變回了從前的樣子。在我對她的回憶裡。

我回來的時候，姨媽什麼也沒說。她爲我開門的時候盡量避開我的眼光，然後回房繼續睡覺，也許她以爲我剛結束第一次約會，第一次艷遇……

我在半夜醒來。在睡夢中，我終於明白了爲什麼那個小小的鳥屋如此強烈地喚起我的某個記憶。那是因爲它被精心建造。牆壁、屋脊、棲架都有裝飾物——木頭上雕刻著一些凹槽飾。

鳥屋讓我想起了照片被精心裝飾的邊緣。那是一個人對夢幻中的生活進行精心雕琢美化時留下的痕跡。『這個女人該是多麼愛他啊！』我在黑暗中低聲自語，繼而又被自己的這句話驚呆了。

幾天後，村莊在暖暖的陽光中解開了冬日的纜繩：奧雷河搖晃著打破冰層，奔向南方，流向愛河。

河水在燦爛的陽光下和清新的空氣中流動，令我們沉醉、目眩。天空倒映在涓涓流淌的河水中。我們的樅木屋在尚未消融的積雪中遊弋，在泰加森林陰暗的樹牆中穿梭。

我們三個人去觀看河流解凍的緩慢過程。烏德金站在我和薩姆海身後兩步遠的地方。這是多年以來他第一次來看河流解凍……

這股春流不似愛河那般充滿破壞性，也沒有任何象徵意義。那不過是河流的冬日保護層斷裂了，是光陰和記憶的保護層伴隨著冰塊悅耳的喀嚓聲和河水奔流的汩汩聲，在陽光下向南流去。

在浮動的冰塊上，我們看到了雪鞋踩出的痕跡和梭標留下的窟窿。接著，我們看到了大卡車的輪子在魔鬼拐彎處的雪中留下的深深車轍和點點滴滴的黑色油污……

突然，意想不到的事情發生了。在樅木搭建的浴室旁邊，一個大冰塊斷裂開來，滾到岸邊，滑入河中，順水漂流。我們緊盯著它那多稜角的表面，清晰地看見兩個赤裸的身體在雪中烙下的印痕。那是兩天前薩姆海和我夜間洗澡時留下的痕跡——仰視星空時無言的幸福的烙印。兩個身軀的姿勢都是長腿分開，兩臂交叉，它們慢慢向著大江流去，向著亞洲的太陽，向著愛河……

16.

河流解凍的這一整天，烏德金顯得有些茫然、心不在焉。也許是河水勾起了他的痛苦回憶，我們猜想。但是，當我們晚上坐在積雪消退的斜坡上時，他從口袋裡掏出一張揉皺的紙，擠出一絲緊張的笑容，大聲宣布道：

『我要給你們念一首詩！』

『一首普希金的詩？』我用挖苦的口吻問道。

烏德金沒有回答，低下頭開始念詩。他的聲音忽高忽低、生硬嘶啞，似乎不再屬於他。聽到頭幾行，我差點發出噓聲。薩姆海冷冷地瞟了我一眼，制止了我。

我知道，你在雪中的等待
比死亡更加絕望……
我知道，走過你的身旁

我只能得到憐憫的一瞥
但我不會走近你
我會停留在原野的冷霧中，
只為了這白色的空洞中可見一個實物……
一個遙遠的身影。你可以幻想，
這個在永恆中走向你的男人，
他從來不曾到來……

讀到最後幾句話的時候，烏德金的聲音哽咽了。他把紙放回羊皮襖的口袋裡，突然站起身，沿著奧雷河奔跑，他的身影迷失在柔軟的雪野中。這時的他比任何時候都更像一隻想要展翅高飛的受傷的小鳥……

我們沒有說話。薩姆海取出雪茄，慢慢點著它，陷入沉思。他一邊吐著苦澀的煙圈，一邊揚起眉毛，隨著沉思的節奏輕輕晃動腦袋。當他發現我在盯著他，似乎在揣測他的心思時，他打了個響舌，嘆息著說道：

『女人畢竟是愚蠢的。多麼美妙的詩歌，她們本該為詩人神魂顛倒，為他甘願受天譴！可她們愛的卻是你這樣的小白臉或者我這樣的壯漢。而他……他奔跑著，像個瘋子……看，他摔倒了，可憐的傢伙！……不，不，這會兒應該讓他一個人待著……』

薩姆海不說話了。遠處的烏德金爬了起來，抖掉黏在羊皮襖上的雪，重新一瘸一拐地向著泰加森林跑去……薩姆海突然笑了，向我眨了眨眼睛。

『但是必須承認，如果沒有貝爾蒙多，他永遠也不會有勇氣給我們念他的詩！也許，他根本就不會去寫詩……』

我們在春日黃昏流暢的藍色光線中回到村莊。

『去敲敲他家的門，』薩姆海對我說，『告訴他，明天最後一次放電影。我們還不知道以後什麼時候會重放貝爾蒙多的這部電影或者其他電影。也許明年冬天以後……』

第二天，十八點三十分，關於社會主義勞動和克里姆林宮裡的授勳儀式的新聞片過後，我們進入了一座矗立在海浪中的仙境般的城市。威尼斯！桀驁不馴的貝爾蒙多駕駛著一輛快艇，在一隻懶洋洋的貢多拉①中衝出一條道來。他甩掉追蹤者，駕著瘋狂的快艇直衝向一家底層勉強高過海面的豪華飯店的大堂。玻璃門的碎片在空中飛舞，飯店的員工都躲閃到隱蔽的角落裡。而他卻帶著大度的笑容和闊綽的派頭，大聲說道：

譯註① 貢多拉是一種平底狹長、船頭翹起的威尼斯輕舟。

『今晚我預定了一個豪華套間……』

在我們的泰加森林，在這個西伯利亞的春天，有多少人在輕聲唸叨著這個神奇的詞語——『威尼斯』！

薩姆海猜得不錯：那場電影過後，貝爾蒙多就告退了。似乎夏天的時侯，他在列寧大街上並非不可或缺。的確，樹木上新葉成蔭，漸漸遮住了警署和克格勃的矮胖大樓，擦去了鐵絲網廠的多稜角的輪廓。

而且，他努力引入的西方似乎已經在我們的永久凍土上扎下了根。『夏天的時候，西方將在這片土地上繼續生長、繁殖，』他去度假的時候肯定是這麼想的。

是的，西方似乎自此就在我們心裡安家落戶了。關於克里姆林宮裡的授勳儀式和響應斯達漢諾夫運動②的紡織女工的愚蠢評論，現在引起了我們的淡淡哀愁，這難道不是一個偶然嗎？

我們想起來了，冬天的時候，這些紡織女工和受勳的老人比我們的偶像更早地出現在銀幕上。如今在我們眼中，他們顯得近乎親切了。在這些被捧出來的模範人物的面具下，我們驚訝地發現了生命中的第一次懷舊情結：泰加森林裡的雪中漫步，宜人的芬芳、明快的色調、奇特的感覺……

一個夏夜，我們三人圍坐在奧爾嘉家的茶炊旁，傾聽奧爾嘉的講述。她談起了一位作家，但是無法給我們念他的小說，首先因爲小說太長——需要好幾年才能讀完——她如是說，再者，這本書似乎還沒有俄文譯本……於是，她只給我們概敘了一個她認爲能表現其風格的情節……主角喝著茶，像我們一樣，不過他沒有俄式茶炊。陌生的香茶和蛋糕給了他一種美妙的味覺：童年時代的聲音、氣味和遙遠的日子重現了。我們沒敢打斷奧爾嘉的講述，也沒敢說出我們的直覺，但我們將信將疑的思忖：『如果多次出現在螢幕上的紡織女工的形象、覆滿清新融雪的護耳帽和昏暗的紅十月電影院能夠代替這位年輕的法國唯美主義者眼中的蛋糕，如果憑我們簡陋原始的方法就能體驗這種神秘的西方懷舊情結，那該多好啊！』

有了貝爾蒙多，什麼奇蹟不可能出現呢……

西方征服了我們，不僅用它傳奇性的內容，而且用它的語言……

我們在學校裡學習的德語與西方夢幻毫無關係，那是敵人的語言，戰時的工具和一個微不足道的點，僅此而已。美國人的語言令我們反感。當地達官顯貴的孩子都或多或少能說幾句蹩腳的英語。學校裡甚至專門爲他們開設了一個英語班。無產階級的孩子則不得不學習敵

譯註②　蘇聯爲提高勞動生產效率和更好的利用技術設備而開展的革新者和先進生產者的群眾運動。運動根據其發起人斯達漢諾夫命名。

人的語言……

不，對我們而言，唯一眞正的語言是貝爾蒙多的語言。十次、十五次、二十次，我們反覆看他的電影，學會了在他唇上捕捉配音時抹掉的神秘詞語的微弱痕跡。俄語配音已經結束了，但我們還能看見他的嘴角在微微顫動，嘴唇飛快噘成圓形，從而猜出規則的重音……

奧爾嘉有時候給我們念法語。神秘的語句漸漸顯現出來。貝爾蒙多開始用母語對我們講話。與他交談的渴望是如此強烈，法語無需語法和解釋就滲透進了我們的心裡。我們模仿法語的發音，起初像鸚鵡學舌，後來像孩子呀呀學語。此外，有了電影，我們可以模仿影片中主角的唇型說法語，儘管我們還未眞正聽到他說法語。我們模仿著貝爾蒙多的嘴唇的動作，機械地重複著奧爾嘉在溫暖的夜晚、在敞開的窗前吟誦的詩句：

肉體的結合

無法使靈魂融合……

在這位舊時的詩人譜寫的詩韻裡，我們所有的青春夢幻都找到了一個清晰的表達方式……

一天，烏德金對奧爾嘉談起了英語。她笑了，貴婦人的笑，唇邊稍稍緊繃：

『英語，我親愛的朋友們，不過是法語的變種。如果我沒有記錯的話，直到十七世紀，法語還是英國人的官方語言。至於美國人，就更別提了。他們用最簡短的嘆詞來表達所剩不多的思想……』

我們爲這個解釋感到欣喜萬分。這樣說來，顯貴要人的孩子們學的不過是貝爾蒙多的語言的拙劣替代品，而他們對此居然一無所知！而且，它完全可以被一系列手勢和初級的嘆詞代替。奧爾嘉的解釋尤其令烏德金感到滿意。在他眼中，美國人是洪水猛獸，他們滅絕印第安人的罪行是不可寬恕的。他認爲印第安人就是我們西伯利亞人的遠親，他們穿過白令海峽，分散到北美洲大草原各地。『他們是我們的兄弟，』他經常這麼說，同時想像著自己和印第安人並肩作戰共同對抗美國人。在這場戰爭結束後，紐約將會被夷爲平地，被白人吞併的土地將歸還給犎犎③和印第安人……

貝爾蒙多走了。紅十月電影院旁邊的大畫像消失了，讓位給一部國內戰爭片中的幾張陰沉沉的臉。但是西方留在了這裡，在我們中間。它存在於春天的空氣中、不時帶來濃烈海洋氣息的透明的風中和放鬆的面部表情中。

譯註③　犎犎：一種野牛。

如果說我們三個西方的迷戀者是在書本和語言中尋覓它神秘的本質，那麼其他人則是在更爲具體的跡象中發現了它。比如，女校長的戲劇性變化。

據說她在滿載木頭的大貨車的駕駛室裡，在狹窄的床鋪上與司機縱情做愛，傳聞沸沸揚揚但又令人難以置信。這女人總是裹著一條披肩，穿著外套和像地毯一樣僵硬濃密的厚羊毛裙，套著針織襯褲的腿部被厚毛靴捂得嚴嚴實實，只露出幾厘米。總之，這是一個孤僻古怪、沒有生命活力的女人。她那張毫無光彩的臉，讓人想起一扇上了鎖的門，誰也不願去開啓它……然而，突然之間，發生了戲劇性的變化！

五月的一天，學校那條小巷子裡來了一輛氣派非凡的小轎車。這種外國車，我們只在反映垂死的帝國主義的罪惡的電影裡才能見到，很顯然，也就是在貝爾蒙多的電影裡……我們早就知道通過某種投機渠道，可以從遠東的日本人那裡搞到這種車，但直到今天才看到『活生生』的一輛。

車不是新的，想必已經反覆刷過漆並多次修理過了，也許是輛走私車。它的車牌號跟普通卡車沒有什麼兩樣。但這有什麼關係？重要的是它那高貴的外型，纖長的車身和奇特的氣質，簡而言之，它的西方氣派。

事情發生得很快，行人和學生們甚至還沒來得及把漂亮的洋車圍起來。車門砰的一聲打開，一個身穿高級船員制服的高大英俊的男子走了出來。他一邊踱著步子，一邊朝學校大門張望。大家順著他的眼光看過去。

一個女人從台階上走下來。校長！對，就是她……走向船長的她太美了，把我們的注意力全吸引了過去，汽車被遺忘在一邊。我們看見了她那裸露至膝蓋的雙腿，纖長美麗，閃動著黑色長襪的透明光澤。還有她那橢圓形的膝蓋，如此柔弱優雅。而且，她竟然也有乳房和臀部！淺口衣領邊緣的美麗花邊襯托出她微微聳起的雙乳。裹在精美衣裙裡的臀部有節奏地扭動。

她完全是一個美麗自信的女人，微笑著走向等候她的男人。她的頭髮向上盤起，露出了頭部的輪廓，琥珀耳墜閃閃發光。她的臉像田野裡盛開的花朵，清新純淨。

兩人走到一起的時候，我們眼中只有那朵花。校長的其他變化被我們銘記在腦海中，留待以後大家一起細細分析。這戲劇性的一幕發生得太快了。

她穿過春日的街道。船長向著她走了幾步，一絲神秘的微笑在他臉上飛揚。接著，他像個魔術師一樣摘掉漂亮的海軍藍帽子，向停在面前的校長俯下身去。圍觀的人們屏住了呼吸……船長親吻了校長的臉……

看來，他們很懂得這一套！她，衣著高貴，髮型優雅，鮮亮誘人；他，開著漂亮的轎車，爲一位女士打開車門，同時向她獻上一句彬彬有禮的話。而且，他竟然以貝爾蒙多的方式發動汽車！

他闖紅燈，藐視穿灰制服的警察，飛奔的車輪把涅爾羅格的街道拋在身後。這一切，他都是做給我們看的。漂亮的洋車發出震耳欲聾的隆隆聲，迅捷的車速使所有的普通景觀都變了樣——樹木和房屋似乎在我們眼前飛馳。汽車在輪胎的摩擦聲中已經駛向了列寧大街。校長那玫瑰色圍巾的一角從敞開的車窗裡露出來，在風中飄舞，似乎在向我們道別……

一個星期以後，人們才解開了這個謎……原來，最後一場暴風雪那天，學校停課了，校長決定去看那部電影——早場的電影，爲了不被學生們撞見。幾個月以來，大家都在談論一個叫貝爾蒙多的人。可是她又不能降低身分去接受這種大眾文化。然而，誘惑實在太大了。校長可能感覺到一種全新的空氣正在涅爾羅格的大街小巷飄散開來……

暴風雪過後的第二天，掃雪車剛剛把城市的幹道清掃完，校長就去了電影院。裹在嚴實的羊毛保護層裡的校長慶幸電影院裡只有自己一個人……

船長在新聞片之後才到。他規規矩矩地看著電影票，尋找自己的座位，然後在校長身邊坐下。他心情很糟——他要告別航海生涯，成爲一個爲日常瑣碎而奔忙的普通男人。他要去新西伯利亞，但是火車在涅爾羅格被冬季的最後一場暴風雪阻隔，二十四小時之內不可能出發。

他厭煩了漫長的等待，心情煩躁，鬍子也懶得刮，最後無意中轉到了冷清的紅十月電影院，坐到了一個女人身邊，他厭惡地心想：『又一個涅爾羅格女人……哦，天哪！她怎麼打扮得這麼可笑？我的水手們都比她會打扮。一張漂亮的臉蛋，卻是這副臉色！看上去像一位封齋期的女信徒……』

燈滅了。螢幕上開始出現彩色的畫面。一座迷人的城市浮現於藍色的海上。宮殿、塔樓倒映在水中……船長立即忘了涅爾羅格，忘了他的火車，忘了紅十月電影院，他認出了那飄忽的輪廓，忍不住低呼：

『威尼斯！』

校長的長睫毛微微顫動著……

貝爾蒙多出現了，眼中匯集了藍天、大海和城市的所有光彩，他的汽艇飛也似的在海面上穿行。

『我今晚預定了一個豪華套間！』他開著汽艇衝進飯店大廳，大聲說道。

溫柔的回音在兩個孤獨的觀眾心中飄蕩：『今晚……豪華套間……』

在豪華套間裡，一個腳穿細高跟鞋、衣衫單薄的女人放蕩不羈地掀掉桌布，邀請男主角與她共享野性的歡愛：

『你在這張桌子上和我做愛，馬上！』

校長的身體一下子僵住了，她感覺到頭髮根根直立。船長輕輕咳嗽了一聲。

『為什麼不站在一張吊床上或者滑雪板上呢？』貝爾蒙多反問道。

實在太蠢了！蠢極了！令人瞠目結舌！船長放聲大笑。校長抵制不了這開懷大笑的誘惑，掏出一條帶花邊的手絹捂在嘴角，也跟著他笑了起來……

城市再次從海面上浮現，但這次籠罩在迷人的夜幕中。貝爾蒙多出現了，帶著酣戰過後的短暫迷茫。他坐在花崗岩護牆上，兩眼無神，表情黯然。我們一直錯以爲這是驚險打鬥間隙的必要休憩。但是，兩個孤獨的觀眾卻在這看似偏離主題的安靜中領悟到了全然不同的意味……這時，船長稍稍向臨座的女人轉過頭，神思恍惚地重複道：

『威尼斯！』

而我們，我們這些圍著西式汽車著迷地看熱鬧的人，在五月的這一天，明白了貝爾蒙多給我們的生活帶來了多大的震動。從他的電影中走出的一輛汽車居然能使列寧大街上固定的景物改頭換面，能夠把校長變成一個迷人的女人，這說明某樣東西最終發生了本質變化。我們知道，灰制服還會遍布大街小巷；『女社員』鐵絲網廠將提高生產效率，超額完成任務；冬天還會回來……但是，一切不再是從前的一切。我們的生活如今有了一個無限廣闊的新天地。混沌的太陽在勞改營的瞭望台之間游移，漸漸重現日升日落的壯觀軌跡。

一切都和從前不同了。我們對此堅信不疑！

17.

這究竟是何時的事呢？

這青春的女性胴體向我舒展開來，將我吸附，將我模塑，把我吸收到她的氣味中，吸收到她那柔軟光滑的肌膚裡，吸收到傾瀉在草地上的黑髮裡。初夏的風猛烈而炎熱，與汛期中的奧雷河的冰涼形成強烈反差。清澈的河水環繞在我們四周。風中那張吊床在搖晃……是的，一張吊床！我們什麼也沒忘記，貝爾蒙多！這風，這倒映在她那因快感而迷離的細長眼睛中的天空，還有她急促的呻吟聲……是何時的事呢？

貝爾蒙多的到來打亂了時間的正常軌跡。冬天失去了永久睡眠的含義，因爲有了電影，夜晚也不再是寧靜的代名詞。十八點三十分這一時刻理所當然地被每個人接受。我們順應新的生活節奏，今天在墨西哥，明天在威尼斯。我們不接受任何其他的記時方法……

我想不起那是在『新紀元』的第一年還是第二年，也說不清我當時是十五歲——我們出走遠東的那年春天——還是十六歲，就是貝爾蒙多返回後的第二年。我一點也記不得了。根據各種可能進行推測，應該是第二年春天。因爲我不可能在同一年經歷所有這些。否則，我的心會爆炸的！

十五歲還是十六歲？……當時我們激情似火，狂熱的頭腦中難以留下清晰可靠的記憶。不，當時我有著那夜在紅髮女人的樅木屋裡初嘗男歡女愛的年齡，有著品嘗第一口白蘭地的年齡，有著聞到太平洋的鹹味的年齡。在那個年齡，我發現女人柔弱美麗的膝蓋能夠引起令人心碎的痛苦——幸福的酷刑。在那個年齡，一個徐娘半老的妓女的蒼白鬆軟的肉體令我魂牽夢縈。在那個年齡，我破譯了西伯利亞火車的秘密。在那個年齡，女性胴體一字一句地教會我它的語言。在那個年齡，童年不過是一個弱化了的回音——就像記憶中狼眼裡的淚珠：一頭狼平躺在夜晚淡藍色的雪地上，眼中閃動著一大顆冰冷的淚珠。

十五歲，十六歲……不，我更像是一個奇怪的混合物，包容著寧靜和喧囂的泰加森林以及親臨過或者神遊過的地方都融合在我的身上。當時，從奧爾嘉的藏書中，我已經得知城堡女主人的上衣與不幸的愛瑪的上衣一樣長。我知道一位浴中的土耳其宮廷妃嬪的肩膀有著琥珀的光澤……我知道莫泊桑筆下的鄉紳絲毫不懂得憐香惜玉，居然吩咐旅館老闆娘在中午整理床鋪，從而洩露了他對滿臉緋紅的年輕妻子的企圖……從繆塞那裡，我知道了浪漫的情人們總是選擇十二月陽光燦爛的寒冷清晨分手——感情耗盡後的清澄，激情歸於平靜後的苦澀。我注視著娜拉正在腐爛的肉體，使勁搖頭：不，不，在這終將腐爛的肉體岩漿之外，還有別的東西！還有那首從雪中湧出，在四月的紫紅色的天空下飄散的歌曲……我看到了甚至許多西方讀者都不曾注意到的細節，作者簡短地寫道：在紅獅旅館的房間裡，隱約可見的壁爐上放著兩個大貝殼。只需把它們貼在耳邊，就能聽見大海的聲音——愛瑪這麼做了嗎？我經常問自己。在這些時刻，瘋狂的太平洋夢幻使我感覺與那個通姦的女人是如此靠近！

貝爾蒙多賦予我一個結構、一個動作和一幅人格化的外型。他滿心歡喜地竭力把現實和夢幻接攏。在那個年齡，我相信兩者是可能接攏的……

那是初夏的一個夜晚，藍色的風從草原吹過來，充溢著整個夜空。正值汛期的河流中央有一座小島，這是一個草木茂密的狹長地帶，上面有一間廢棄的樅木屋和一座殘敗的果園，園裡生長著幾株開滿白花的蘋果樹。

遠處，泰加森林在夕陽金色的薄霧裡飄升，在河水昏暗的鏡面上留下倒影。河水漫過森林各個角落，直至將其底部淹沒。

小島在夕陽的餘暉裡遊弋。響亮的流水聲與風兒吹過繁花盛開的枝頭的沙沙聲融為一體。樅木屋的台階被河水淹沒，台階上的欄杆處繫著我的舊船，清爽的小波浪不斷湧上來，在船舷邊碎成浪花。日光漸漸消失，光線由淺至深，跳躍過三種色調：錦葵紫、丁香紫、羅蘭紫。朦朧的光線似乎使不同聲音的組合變得更爲和諧。我們聽見了小船與木台階輕輕摩擦的聲音，鳥兒輕柔的鳴叫聲，小草絲綢般柔滑的低語聲。

我們緊挨著平躺在蘋果樹下，眼睛在初升的星星中間游移。熱風將我們赤裸的身軀包裹在充滿草原芬芳的氣息裡。頭頂上粗壯的樹枝間，一個吊床在風中輕輕搖晃。是的，我們忠實於貝爾蒙多，這種忠實滲透在愛情故事最微小的細節裡。我們曾經爬上不穩固的吊床，試著在裡面站立、緊緊擁抱，但是我們頭暈目眩……也許只是因爲慾望太強烈了，或者我們還沒有掌握這種西方的做愛技巧……

我們的身體回到了撒滿白色花瓣的草地上，但感覺中，我們好像尚未落地，似乎還在下落，還在飛翔，在戀愛中飛翔……

她柔軟的身體滑動著，逃離了飛翔的軌道。我沒能把她抓住。我狂熱地搖晃著她，把她推倒在水邊平滑的草地上。我想把她捲曲的頭髮纏繞在我的手腕上，就像從前哥薩克人在蒙古包裡的熊皮上與情人調情時那樣。慾望激起了我對這個動作的聯想……

她叫尼芙珂，生活在遠東的那片森林裡，我們曾在那裡的雪地裡看見一隻老虎，皮毛似火焰一般……尼芙珂有著黑亮光滑的長髮、細長的眼睛和佛祖般莫測高深的笑容。她的肌膚柔滑無比，彷彿塗了一層金色的清漆。她的身體好似一根常春藤，當我摟住她時，她就緊緊纏繞著我，裹住我，微微顫動的血管似乎要把我吸進她的體內。她在我身上噴灑她的體香，她的氣息，她的熱血……我辨不出，在哪裡她的肉體變成了充溢著草原氣息的草地，在哪裡她那渾圓堅挺的乳房的味道與蘋果花的味道混合在一起，我也分不清她意亂情迷的眼眸中的天空在哪裡開始，深邃灰暗的星空在哪裡結束。

她的血在我的靜脈裡流淌。她的呼吸使我的肺部膨脹。她的身體在我體內盤旋。我一邊親吻著她的酥胸，一邊品嘗著果園裡白色蘋果花的香甜。我沉醉在幽幽的夜空下，晚風習習，捎來馥郁的芬芳，濃密的花粉隨風飄散。她尖叫著，指甲掐進了我的肩膀裡，高潮就要到了。瘋狂的常春藤被樹幹中的汁液迷醉。我淹沒了她，塡滿了她。在她身上，我觸到了深邃的天空，清新的黑瀑布。她的心在夜幕下的泰加森林上空跳動……

我們沉浸在幸福的疲憊中，風兒將白色的花瓣撒在我們身上。來時點燃的篝火不時向上竄起，形成一道紅色的煙霧，接著火勢慢慢減緩，最後無聲無息地倒在地上，成爲一堆紅光閃爍的火炭。繫在台階上欄杆處的小船不時在波浪的磨擦下發出昏昏欲睡的呢喃聲。吊床，我們狂熱的夢想中的吊床，在我們頭頂上，在怒放的花叢中，來回搖晃。它像一張神奇的魚網，一個瘋癲的漁夫將它拋向夜空，企圖捕到幾顆閃爍的星星……

就在這年夏天的七月，一個寧靜的陰天，我走在涅爾羅格的街道上，手中拎著一個儲物袋。花園裡茂盛的樹葉垂到籬笆上。院子裡傳來母雞慵懶的咯咯聲。麻雀們在小巷邊溫熱的灰塵中嬉戲。一切是如此熟悉，而又如此單調平常！在這個寧靜的日子裡，只有我心裡盛滿了躁動不安的初戀情懷。

在矮小的汽車站裡，我和幾個女人一起在售票窗口前排隊。開始時我的腦子被熱戀的竊喜佔據，根本沒注意聽她們的對話。突然，紅髮女人的名字把我從忘我的幸福狀態中拉了回來。

『可是他有什麼辦法？她跳下橋後足足漂了五公里才被撈上來。醫生又有什麼法子？』

『我不知道……也許人工呼吸……據說這個法子可行……』

『照我看，不管怎麼說，這女人已經完了。就算不出這事兒，也會是梅毒或者別的病……』

『活該！我一想起她和那麼多男人胡搞過……』

女人們似乎覺得最後一句話過於粗魯。於是，她們沉默了，低垂下眼睛，把頭扭向別處，但在內心深處，都贊同這個觀點。這時候，一個有著蒼白的薄嘴唇的老女人開始發話了，話中還夾雜著幾聲冷笑，似乎是爲了緩解一下凝重的氛圍：

『我見過她，嘻嘻嘻！我經常在火車站見到這女人！她狡猾極了，我跟你們說吧，沒人比她更狡猾了。她總是假裝在等車。她走來走去，不時地看鐘錶。別人還以爲她是位乘客呢。嘻嘻嘻！……』

『說得倒好聽，一位乘客！一個十足的婊子！』另一個女人一邊調整背包帶子的位置，一邊插話道，『我也許不該這麼說，可是眞的，她眞是活該！』

我離開隊伍，推開大門，頭腦中還回響著那如同碾碎的玻璃渣一般的冷笑聲……我向凱代走去。

我沒有勇氣走近她的樅木屋。我看見門上釘著兩塊交叉的長板，窗玻璃被打碎了。幾隻小鳥藏在白樺樹枝間，無憂無慮地啼囀不休。一首純淨的歌曲隱約在寂靜的院子裡響起……

我沿著冬天時的來路離開了。現在，奧雷河谷的平原開滿了鮮花。

紅髮女人的死，或者說關於她自殺的談話，促使我最終下定決心：該走了。離開村莊，逃離涅爾羅格，再也不要回到這個地方。在這裡，老中國人的故事最終壓倒了浪漫的西方歷險；在汽車站的陰暗角落裡，人們聽得見被碾碎的玻璃渣一般的冷笑聲。一旦貝爾蒙多離開了，這種聲音將會散布開來。它將變成排隊去工地的囚犯們的大頭靴的聲音，變成鋸子刺進雪松柔嫩樹身的刺耳的聲音，變成西伯利亞火車在無人候車的凱代站掛上車頭的吱嘎聲。這種聲音將重新變成當地艱辛生活的內容本身。至少對那些無法逃避這種生活的人們而言是如此，他們無法越過貝加爾湖和烏拉爾山脈，無法穿越那無形而又眞實存在的歐亞分界線。

我決定盡快逃離。我想要掙脫那每晚都更深地滲透進我體內的藤蔓。逃避愛情。無聲的愛情。美麗的尼芙珂把眼眸中燃燒的星空翻倒在我身上，她使我在大草原的風中忘情地滑行飛翔。她的愛使我們的呻吟與月光下森林中的鹿鳴融爲一體，使我們的身體消融在淺黃褐色的雪松樹脂中，使我們的心跳與星星的閃爍合二爲一。然而……

然而，這是無聲的愛情。它無需語言。思想無法穿透它。而我，我已經接受了西方教育，已經體會過語言的致命誘惑。『沒有說出來的東西不存在！』誘人的聲音對我輕聲說道。我對有著佛祖般笑容的尼芙珂的臉龐能做些什麼樣的評論呢？我怎麼能想像我們的慾望、泰加森林的呼吸和奧雷河水之間的結合，而又不把這種結合分解成單個的詞語，不破壞它們之間的完美和諧？

我渴望一段愛情故事，像西方小說中那般錯綜複雜的愛情故事。我夢想著熱烈的愛情表白、情書、勾引的手腕、嫉妒的痛苦和男女私通。我夢想著『情話』……

一天，我們在泰加森林中散步，我的尼芙珂突然跪了下去，小心翼翼扒開樹葉和茂密的苔蘚層的混合物。我看見了一根粗壯的淺褐色鱗莖，蒼白的短莖上盛開著一朵無比精緻美麗的花。橢圓形的花體呈現出透明的淡紫色，似乎在林下黑暗的灌木叢中輕輕顫抖。像往常一樣，尼芙珂一言不發。她那伸進苔蘚中的手似乎被花萼微微照亮……

我去意已決。願望太強烈了，自然而然會引出平時不會出現的巧合，很快，我就得到了鼓勵……

從凱代回來後，我從儲物袋裡抽出一張揉皺的報紙。這種報紙很少見，在涅爾羅格的報刊亭裡買不到。我們總是很樂於在客車座位上和車站候車室拾別人扔下的這種報紙。也許是命運的偶然將一位乘客載到我們這個使人墮落的地方，他把一份『列寧格勒晚報』遺忘在車上。我一口氣讀完了四頁，甚至連列寧格勒的電視節目預告和天氣預報都沒有遺漏。眞奇怪，兩個星期以前，這個遙不可及的城市裡下過雨，吹著東北風。在第四頁的招聘廣告和寵物出售廣告之間（大捲毛狗、暹羅貓……），我的目光落到了被漂亮邊框圍起來的幾行文字上：

列寧格勒電影技術學校招收如下專業學生：電工、剪接師、錄音師、放映員……

姨媽回到房間。我很快將報紙藏起來，彷彿她能猜到我的宏偉計畫似的。現在我不僅有出走的意願，而且還有一個明確的目標。奔向列寧格勒，世界那端的霧中城市，是我向貝爾蒙多邁進的一大步。這是一塊跳板，我堅信通過它我能與貝爾蒙多相逢……

八月底的時候，我們已經感覺到秋天的涼意，在一個清朗的晚上，姨媽語調怪怪地把我叫到廚房。她端端正正地坐在餐桌邊，穿著節日裡朋友聚會時才穿的裙子。她用粗大結實的手指機械地揉搓著桌布的一角，沉默不語。

終於，她鼓足了勇氣，但仍然躲避著我的眼光：

『米西亞，我應該告訴你……福賓和我考慮了好久……我們打算下星期結婚。我們年紀大了，別人也許會笑話。可是事情就這樣定了……』

她突然停下來，輕輕咳嗽著，手捂在嘴唇上，補充說道：

『等一下，他該來了。他想認識你……』

『可是我們早就認識了！』我差點嚷出來。我沉默了，與其說是介紹大家互相認識，倒不如說是搞個儀式……

不一會兒，擺渡人就來了。可能他一直在院子裡等著。他穿著一件淺色襯衣，寬大的衣領圍在滿是皺紋的脖子上。他笨拙地走進來，羞澀地笑了笑，把僅存的一隻手伸過來，我熱烈地握住了它。我眞想對他們說幾句鼓勵和祝賀的話，卻不知道說什麼好。福賓以一貫笨拙的步伐走向我的姨媽，遲疑著在她身邊站定。

『好了。』他輕輕晃動了一下胳膊，彷彿在說：該做的都做了。

靠在一起的這兩個人的生活本來是截然不同的，但漫長而平靜的痛苦使他們互相靠近。我在他們純樸的臉上看到一種將兩人團結在一起的溫情，我飛跑著離開了房間。一團骯髒的東西堵在我的喉嚨中。我走下台階，抽出一塊長滿野草的側板，拿出一個白鐵盒子。我回到房間裡，在姨媽和福賓面前倒出盒子裡的東西。金子閃閃發光。金沙、小金塊和小小的金色石子。這是我多年來的積蓄。我一言不發地轉過身，跑出門外。

我沿著奧雷河岸走到渡船邊，在寬大的木排上坐下……

剛才的事情更加堅定了我的決心：該走了。現在我明白了，我親近的那些人都有他們自己的命運。他們被龐大帝國的命運傾軋、傷殘，直到暮年才得以恢復。他們意識到戰爭已經永遠結束了，他們的回憶引不起任何人的興趣，落在皮襖袖子上的晶瑩白雪保持著星星般閃爍的光芒，春風依舊年年捎來草原的芬芳……這時候，他們在列寧大街盡頭看到了一抹燦爛的笑容。這笑容似乎溫暖了方圓百米的寒冷空氣。他們感覺到了這股暖流。春天到來時，他們重新感受了第一片新葉的美麗，重新聽見了透明的綠色華蓋發出的沙沙聲，看見了花朵，學會了自由呼吸。他們的命運像一個巨大的傷疤最終癒合了……

生活於他們而言，正處在康復期，而我在此已沒有立足之地。該走了。

18.

我在九月離開，那時已經是秋天了。送我到河對面的渡船空空蕩蕩。福賓不緊不慢地拉著鋼索。我在一旁幫他。水面泛起灰色的小波浪。渡船的木板被濛濛細雨打濕，閃閃發亮……

『再過一星期，我就得修修它了，』渡船停靠在小碼頭時，福賓笑著說。

我拎起行李箱，走向河岸的沙地。福賓跟在我身後，點燃一支香煙，建議我也來一支。

我們漫無邊際地閒聊著，儼然已經是親熱的一家人了。他沒有看出我很激動。所有的人都以爲我要去涅爾羅格的一家卡車廠應聘機械工學徒。這種說法十分可信，因爲當機械工學徒是當地小伙子的通常出路。我望著迷失在雨簾中的村莊，心頭湧上一陣奇怪的失落感。我還不知道這是最後一次看它……

突然，一個女人的身影在朦朧的遠處出現了。她穿著長雨衣，在水邊的沙地上行走著。

福賓嘆了口氣。我們對視了一下。

『她一直在等他，』他的聲音很低，似乎擔心河對面的女人聽見自己的話，『我見過她丈夫，今年夏天，在涅爾維格……大家都知道他還活著。這女人總是指望有一天我的渡船會把他載回來……』

擺渡人沉默了，眼睛盯著雨中模糊的身影。接著，他瞥了我一眼，眼中充滿了豪氣，近乎快樂地大聲說道：

『可是，德米特里，有時候我對自己說，也許她很幸福，比許多人都幸福得多……我見過她的男人：肥胖、自高自大，一副日本石油大亨的派頭，胖得連眼睛都睜不開了……而她，她等的是另一個人，她那消瘦的年輕大兵，剃著光頭，穿著褪色的制服。四五年的春天，大家都是這副樣子……你姨媽說得對：就是因爲這個，維拉才沒有變老。你看見了嗎，她的頭髮全變成了灰色，可是，她那張臉永遠是年輕姑娘的臉。她永遠在等他，她的大兵……』

稀稀落落的幾個乘客圍在渡船邊。我緊握了一下福賓的手，然後衝進雨中，上路了……在拐彎處，當我將要離開奧雷河谷進入泰加森林時，我朝身後看了一眼。渡船——灰色水面上的小方塊——已經到了河中央。

經過長達十六天的旅行，我終於到達了列寧格勒。我一直待在三等車廂，經常逃票，睡行李架，跟檢票員鬥智，吃車站餐廳的免費麵包。我穿越了整個帝國——一萬兩千公里。我穿過了帝國的大江大河：勒拿河、葉尼塞河、鄂畢河、卡馬河、伏爾加河……越過了烏拉爾山脈。我見到了新西伯利亞，它跟涅爾維格沒什麼不同，只不過面積大得多而已。我見到了莫斯科，威嚴宏大，漫無邊際。但是，這是一座東方的城市，它太接近我的亞洲本質。

總之，列寧格勒才是帝國中唯一眞正的西方城市……我使勁睜開沉重的睡眼，走出車站，來到大廣場。這裡的建築物有著明顯異於別處的風格：一座緊挨一座，修長宏偉，滿眼是挑簷、線腳和壁柱，連成了一個個長串。這種筆直的歐式風格，尤其是它的氣味——微酸、涼爽——令我著迷。我夢遊一般穿過廣場，突然發出『啊！』的一聲，引得行人紛紛回頭……淡藍色的薄霧爲晨曦中的涅瓦街蒙上一層輕紗，美妙的晨景令我驚嘆不已。陽光燦爛的大道兩旁矗立著一棟棟富麗堂皇的建築物，海軍部大樓的金色尖頂在樓群深處閃閃發光。這把亮晃晃的金色寶劍直插雲霄，漸漸浸潤在北方蒼白的陽光中。此情此景讓我心醉神迷了好一陣子。西方在翱翔於涅瓦河上的霧靄中漸漸顯露出輪廓。

我的眼前閃電般飛快地浮現出一切：童年時代的奧爾嘉和父母一起走在雅致的街道上，趕赴聖彼得堡——巴黎的火車；故都高貴的靈魂永遠也無法適應新主人賦予它的別稱；拉斯柯爾尼科夫④的影子在濃霧彌漫的街道上遊蕩。

而且，假如我在這座秋日陽光籠罩下的城市中碰見貝爾蒙多，我不會感到很吃驚。眞正的貝爾蒙多，唯一的貝爾蒙多。他的存在是可觸的……我調整了一下背包上的肩帶，堅定地向著有軌電車站走去。我不知道那是不是去學校的最好方法。可是，電車的鈴聲在清晨的空氣中聽起來是那麼悅耳……

在三年的學習生活中，我很少收到來自斯維特拉雅的消息。姨媽來過幾封信，起初充滿憂慮和斥責，後來歸於平靜，信中滿是我日益生疏的瑣事。不知是因爲疏忽還是沒話找話，姨媽在每封信中都提到奧雷河和渡船：福賓修好了渡船上的木板，換了鋼索……『老中國人的故事還在繼續』，我在夢中的西方城市邊走邊想……

還有一張薩姆海寄來的卡片，但不是從村子寄出的。而且，它像是一張攝影愛好者的作品，背面寫著語氣有些生疏的幾個句子。很顯然，他沒有原諒我，他和烏德金認爲我的出走是對友誼的背叛……薩姆海告訴了我奧爾嘉的死訊，他說奧爾嘉臨死前還在讀書，同時爲『唐璜』的缺席感到遺憾……當看到照片上的薩姆海身穿海軍制服站在甲板上時，我一點也不吃驚。我對建築物上的白點和棕櫚樹的影子也同樣不感到驚訝。卡片上面用藍墨水寫著：哈瓦那，港口。我猜想這甲板象徵著他狂熱的青春夢想中決定性的一步。他曾在斯維特拉雅對我談起過，他夢想加入中美洲的游擊隊，重燃切・格瓦拉⑤點燃的鬥爭火焰……

譯註④　拉斯柯爾尼科夫：俄國作家杜思妥也夫斯基的長篇小說《罪與罰》中的主人公。

譯註⑤　切・格瓦拉（1928–1967），原籍阿根廷，古巴政治家，古巴革命時期是卡斯特羅的戰友，後參加玻利維亞游擊隊並死在玻利維亞。

至於烏德金，他從沒從斯維特拉雅給我寫信。但是，在我出走兩年之後的一天，我在學生宿舍的陰暗走廊裡瞥見了一個熟悉的身影，我馬上認出了他。他一瘸一拐地走來，向我伸出了手……為了避免打擾三個室友，我們在走廊裡聊了個通宵。我們靠在結霜的窗玻璃上，一邊聊天，一邊喝著冷茶……

我得知烏德金也離開了斯維特拉雅。他走得甚至比我還遠，去了西部的基輔，在新聞學院學習，希望有一天能寫出『真正的文學作品』，他垂下眼瞼，聲音低沉地說道。

那晚，我得知貝爾蒙多最終離開了紅十月電影院——也許是永久離開列寧大街——的情況。

事情發生在我出走後的那年冬天。薩姆海和烏德金穿上雪鞋，鑽進了晨曦初露的泰加森林。

他們去涅爾羅格看十八點三十分的電影。沒有我。他們是想去看一場重放的電影？或者想表明——向誰？——我的背叛沒有影響他們與貝爾蒙多的關係？

這樣的嚴寒在我們那個冰天雪地的地方也是少見的。他們不時聽見一聲長長的回音，很像槍聲。實際上那是樹幹被冰冷的汁液和樹脂侵蝕而斷裂的聲音。在這種天氣下，村裡的婦女們從晾衣繩上取下衣物時，經常將衣物折斷，就像打碎玻璃一樣容易。卡車司機們在塡滿白色粉末的油缸旁罵罵咧咧：汽油凍住了。孩子們在硬如堅石的街道上吐唾沫，嬉笑著傾聽唾液變成冰塊的聲音……

晨曦中，他們在兩根松樹枝的交叉處看見了他。薩姆海首先看見了他，猶豫了一下：要不要指給烏德金看？他知道他的朋友會感到十分震驚的。薩姆海本來就很愛護烏德金，我走了之後更是如此。所以，起初他想裝得若無其事。但是在萬籟無聲的泰加森林裡，烏德金覺察到了這種猶豫，感覺到薩姆海屏住了呼吸。他也停下來，抬眼看過去，驚叫了一聲……

樹枝交叉的地方坐著一個男人，兩隻手臂緊抱著粗糙的樹幹，慘白的臉上結滿冰霜，眼睛大睜著。他的姿勢呈現出可怕的死亡的僵直。他的雙腿在離地兩米的空中凝滯不動，他似乎在看著它們，朝它們恐怖地咧著嘴。樹周圍的雪地上布滿了狼的足跡……

薩姆海一聲不響地注視著這張臉。烏德金也被沉睡的泰加森林中的這一景象嚇呆了，但他竭力掩飾自己的恐慌，快速而又滔滔不絕地說話，假充硬漢：

『他肯定是個越獄的政治犯。我敢肯定他是個反政府主義分子。也許他寫了些反蘇聯的小說，結果被投進了古拉格⑥，後來有人幫他越獄。說不定他身上還藏著些手稿呢……也許，他想……』

譯註⑥　古拉格為原蘇聯境內的一個群島，因許多政治犯被關押在此而成為政治犯監獄的代名詞。

『住嘴，鴨子！』薩姆海突然大聲叫道。

他用充滿仇恨的粗魯語調繼續說道：

『政治犯！古拉格！說得倒好！斯維特拉雅的勞改營是一座正常的勞改營，鴨子。你明白嗎：正——常——的！那兒的人是些正常人。他們不過偷了東西或者跟人打過架。勞動之餘，這些正常人通常玩撲克牌，寫信或者打瞌睡。然後他們選出一個倒楣蛋，經常是一個輸了牌的年輕小子。你輸了，就得付出代價。很正常，不是嗎？這些正常人逼他口交、肛交，和屋子裡所有的人，一個接一個！直到他嘴裡塞滿了精液，直到他的大腿間變得血肉模糊……此後，這可憐的傢伙就變成不可觸的賤民，只能睡在離尿桶最近的地方，不能去別人喝水的水龍頭下喝水。但是，每個人都可以隨心所欲地強姦他。要想逃避這種命運，只有一條出路：衝向鐵絲網。看守的士兵朝他頭上射幾發子彈，讓他直接上西天……這個傢伙可能是在勞動的時候逃走的……』

烏德金發出一聲奇怪的聲響，像是呻吟又像是抗議。

『你給我閉嘴！』薩姆海再次對他粗暴地吼了一聲，『讓你那愚蠢的浪漫見鬼去吧！這才是正常的生活，你明白了沒有？一些人過了十年這樣的生活之後，現在就生活在我們中間……大家差不多都是這樣。這種正常的生活，就是我們的生活。豬狗不如的生活……』

『可是奧爾嘉，貝爾……貝爾……』烏德金低聲嘟囔，聲音變了調，說不下去了。

薩姆海一言不發。他看了看四周，以確定這地方的位置。他拿起梭標，示意烏德金跟著他……那天他們沒去涅爾羅格，沒有赴十八點三十分的約會。

後來，他們坐在凱代警署煙霧繚繞的大樓前等了好久，終於等到警察有時間和他們一起去那個地方了。薩姆海沉默不語，不時搖晃著腦袋，彷彿在凝視著無形的光陰。烏德金從側面斜著看見那些影子飛逝而去。他預感到薩姆海將要清清嗓子，羞愧地向自己表示歉意……

烏德金坐在窗台上，向我講述貝爾蒙多時代在故鄉的終結……他的話音在宿舍空蕩蕩的走廊裡發出的回響是如此奇怪！他年輕的臉上長出第一綹小鬍子，隱約顯出從前那個受傷的孩子的輪廓。這個孩子激動不已地等待著成人生活的開始，盼望著愛情——像其他人一樣。而我已經在無憂無慮地享受著平靜的愛情。突然，我明白了這位朋友無盡的絕望。他的臉似乎已被女人冷漠的眼光磨損，被她們無情的盲目傷害……

烏德金覺出我在緊盯著他。一絲洞悉一切的微笑掠過他的嘴角。他把頭轉向窗玻璃，列寧格勒的寒夜漸漸消隱。

『我們和警察回到了那個地方，』他繼續說道，『當我再次看見樹枝上的越獄犯時，我不再害怕了，也不覺得傷心或者痛苦。說來慚愧，但當時，真的，一陣奇怪的欣喜……湧上了我的心頭。是的……我對自己說——用那種很深邃的語言，你知道的，那種無需詞語的語言

──既然這世界如此殘酷，那麼它不可能是眞實的，更不可能是唯一的。我對自己說「最好不要把這世界看得太認眞」……』

看著那些警察在薩姆海的幫助下試圖把死者和樹枝分離開來，烏德金突然領悟了一個神秘的道理。那些男人在使勁掰開死者的手指，而年輕的死者代表著一個極限。就像烏德金殘疾的身體？殘酷的極限，痛苦的極限。一條臨界線……

死屍最終屈服了。三個警察和薩姆海把它抬向停在泰加森林邊緣的一輛越野車。囚犯的護耳帽從腦袋上滑了下來，烏德金把它撿起來。他跟在其他人身後，每走一步，右肩都要向上歪斜一下，彷彿他還想往臨界線那邊瞟一眼……

我們一整天都在列寧格勒潮濕的街道上溜達。我們走進博物館，穿過涅瓦河。我非常自豪地向烏德金展示帝國中唯一的西方城市。但我們誰也沒有心思遊覽。甚至在參觀埃爾米塔日博物館⑦時，我們也在談別的事情。晚上的時候，烏德金交給我三十多張列印出來的稿紙──他的下一部小說的片段。『跟《古拉格群島》的風格相近，』他解釋道，『我把這些稿

譯註⑦　埃爾米塔日博物館：列寧格勒的美術、文化、歷史博物館，世界最大的博物館之一。一七六四年建立。這組建築物包括冬宮、小埃爾米塔日、舊埃爾米塔日、新埃爾米塔日和埃爾米塔日劇院。

紙帶在身上，覺得自己眞像個反政府主義者。』

甚至在冬宮，我們也在低聲談論社會體制的弊端。我們批判它的各方面，主張將其徹底擯棄。少年時代的貝爾蒙多和他的西方神話演變成自由的象徵和戰鬥的綱領。我們總是看見太陽在瞭望台上被鐵絲網刺穿。應該讓這個巨大的鐘擺搖動起來！應該解放我們的時代，這個專政制度下的不幸人質！

我們激憤的低語隨時可能變成一聲大喊爆發出來。烏德金把這種可能化爲了現實。

『我，我已經一無所有了，哪怕在勞改營裡我也要戰鬥！……』

我開始咳嗽，試圖掩蓋他的話語在富麗堂皇的大殿內的回音。門衛朝我們投來懷疑的目光。

我們從弑君的圖謀中警醒過來。我們面前的一個紅色的華蓋下擺放著羅曼諾夫王朝的寶座……

第四部分

19.

今晚，紐約下雪了，或者，只是在『布萊登海灘』俄羅斯聚居區，分崩離析的帝國的孩子們來到了希望之鄉，在這裡重逢，紛飛的白雪勾起了回憶，帶來了憂傷。

我們沿著海港碼頭靜靜地走了許久。風的氣息——時而是海浪的鹹味，時而是雪花的寒冷清新——輕而易舉就代替了語言。冬夜的嚴寒令人想起從前的日子，那些日子用低沉的聲音在同我們交談。

『我很抱歉，可是我眞的沒法早點趕到！』我終於開口了，試圖替自己開脫。

『沒關係，我很理解你！』烏德金連忙寬慰我，『當我去看他時，他已經呼吸困難，無法說話了。然而，當我看著他的眼睛時，我感覺他已經認出了我……不，不，我想，就算在這裡，也無濟於事。他的身體原來像鋼鐵一般結實……是的，我想薩姆海認出了我。』

他遞給我一張照片，色彩鮮艷明亮，像一張風景宜人的明信片。在長方形的墳丘前，烏德金無意中站成立正的姿勢。這個『二十年』後的烏德金留著托洛斯基式的山羊鬍子，狂熱的眼神隱藏在眼鏡後面。一個女人背對著我們蹲在他身旁，正在壓實一株開滿紫紅色花朵的植物周圍的土塊。奇怪的是，具體的動作使她變得遙遠，與烏德金沉重痛苦的目光格格不入……所有的一切僅僅歸結於這座迷失在中美洲的天空下的新墳丘了嗎……？

今天是東正教復活節，一向冷清的俄式餐廳今晚擠滿了人。這裡有滿頭灰髮的第一批流亡貴族，消瘦落魄的年輕一代，以及許多前來品嘗斯拉夫燭光晚餐的西方人。兩道菜之間是幕間休息，所以樂手和歌手這時不在。休息過後，人們愈是沉醉，演唱的氣氛就愈發熱烈，人們喝下一杯又一杯伏特加，歌曲也是一首接一首。氛圍越來越熱烈，談話聲交織在一起，漸漸填滿了整個餐廳。餐廳老闆，有名的薩莎，在餐桌間穿梭，像個老練的樂隊指揮一樣引導著這嘈雜的交響樂。

『哦，是的，王子殿下！在紐約，這麼美味的薩什里克①只有我們這裡才做得出來！……自從舍列梅捷夫伯爵的廚師去世後……是的，親愛的朋友，葡萄酒將使您忘掉落入新布爾什維克手裡的莫斯科……當然，夫人，這是百分之百的俄羅斯傳統。而且，您看，它和微酸的潘趣酒②配在一起眞是棒極了……』

薩沙把僅剩的幾張餐桌之一安排給我們。我背朝大廳坐下來。烏德金把腿伸向餐桌之間的狹窄過道，懶散地在我對面坐下。他身後的大鏡子反射出燭光搖曳、色彩斑斕的大廳。張掛著紅色天鵝絨掛毯的牆壁上有幾張『聖像』——從畫刊上剪下來的幾張圖片被貼在長方形膠合板上，外面還塗了一層清漆。餐廳角落的一個架子上放著一個大腹便便的茶具。

喝下第一杯伏特加後，烏德金從他的大皮包裡翻出一本彩色畫冊，有些像兒童畫冊。

『既然今晚我們要傾心長談，破除幻想……』

我把酒杯挪到一邊，翻開畫冊。這是本供成年人看的連環畫，看上去相當『黃』。

『這就是我的小說，于安！所有的題材都是我自己構思出來的。情景、對話、說明文字，一切……很棒，對吧？』

我翻看著一張張色彩鮮艷的圖畫。所有的故事情節都大致相同：畫中人物開始時穿著衣服，最後則是裸著身體。裸體的背景要麼是草木旺盛的熱帶森林，要麼是裝飾豪華的別墅，有時甚至是失重狀態下的宇宙飛船……畫冊中冒出一堆惹眼的東西來：被男人毛茸茸的手攫住的曲線優美的臀部、粉紅色或褐色的屁股、豎起晃動的陽具、貪婪的嘴唇、閃著磷光的大腿。一下子，我全明白了！

『你要我的愛情故事就是爲了寫這些東西？』

烏德金露出尷尬的表情，他往酒杯裡倒了些伏特加。

譯註① 薩什里克：俄式烤肉串。

譯註② 潘趣酒：酒加糖、紅茶、檸檬等調製的飲料。

『對，我有什麼辦法呢？你經歷了那麼多愛情故事。而我卻不得不每天虛構一個。』

我機械地翻動著最後幾張畫頁，突然，我的眼光落到了一連串特別熟悉的畫面上。

烏德金猜出我看到了什麼，他臉紅了，突然伸出手奪過了畫冊，同時打翻了我的酒杯。

但我還是看見了最後一組圖畫：女人躺在三角鋼琴的琴蓋上，男人把她的身體分爲兩部分，發出興奮的吼聲，口中吐出白色氣泡，好像動畫片中的機車頭上冒出的白煙……

我們擦去濺灑出的伏特加。烏德金結結巴巴地向我道歉。服務生給我們拿來了甜菜湯，在盤碟旁放了一碗熱氣騰騰的蕎麥麵。

『你瞧，我現在變得多庸俗。』童年的朋友難爲情地笑著說道。

『沒什麼。你也許已經猜到了，我的公主是編造出來的。我對你說了謊，烏德金。這個故事根本不是在藍色海岸發生的，而是在克里米亞，這是好久以前的事了，我想不起具體是哪一年。她沒有你畫冊上的晚禮服，只有一件曬得褪色的薩拉范③……她的身體散發出被陽光烤熱的岩石的味道。至於鋼琴上的燭台，自從革命以來，上面可能就沒再點過蠟燭……』

我們沉默了，低頭攪動著甜菜湯裡新鮮的奶油。

『我眞笨，我應該讓你看看我的代表作。』他終於開口了。

『不，正相反……這些畫眞的很漂亮！』

烏德金垂下眼睛。看得出，我的讚揚感動了他。

『謝謝……這些是我妻子畫的……』

『你結婚了？爲什麼你從未對我提起過？』

『不，不，有一天我對你談起過她……但是，我們結婚是最近的事，一個半月以前。她是印第安人……她像我一樣，有點……也就是說……嗯……她……她有點駝背。她小時候從馬上摔下來……但她是個很漂亮的姑娘。』

我信服地點點頭，急切地問他道：

『這樣說來，你找到你的歐亞淵源了？』

『對……你瞧，這些連環畫，我想，它們總比那些美洲書商賣的拙劣作品帶來的壞處少……而且，你注意到了嗎？在我的作品裡，人體都是美麗的。我妻子想要這樣……』

烏德金把畫冊在他的碟子上方重新打開，開始給我看那些圖畫。

『最主要的是，你看，每組圖畫中都有一截地平線、一片開闊地帶、一片天空……』

我忍不住笑了。

『你眞以爲讀者有時間去欣賞這一片天空？』

烏德金沉默了。服務生拿走碟子，把烤肉串放在我們面前。我們大口大口地喝著伏特

譯註③ 薩拉范：一種俄式無袖連衣裙。

加。我的朋友陷入深思，眉毛上挑，目光迷失在酒杯中。突然，他大聲說道：

『你知道嗎，于安，美國人經常讓我想起玩機械玩具的猴子。他們按住一個按鈕，彈簧跳起，塑膠小人開始翻筋斗。目的就達到了……他們的文化也是這樣。他們包裝出一個新的天才作家，通過電視台大炒特炒。其實人們對他的作品根本不關心，大家只關心機器是否還在正常運轉，按鈕、彈簧、手舞足蹈的塑膠小人。皆大歡喜。只要能包裝出天才，大家就安心了。借助詞語……他們玩弄老掉牙的概念，把它們胡亂攪和在一起，使它們失去了生命力。詞語、詞語、詞語……』

烏德金晃動著空酒瓶，示意服務生過來。

『是的，已經沒有生命力了，機器還在運轉！』他向我抬起他那預言家微醉的眼睛，補充了說道，『完美的社會分工，瞧哇！平民百姓看的是我的連環畫一類的作品，精英們則以深奧的文字遊戲爲食糧。瞧瞧，他們是多麼認眞地頒發文學獎！就像勃列日涅夫又在給敗落的政治局的某個成員授予一枚金星獎章。大家都知道獎章會落到誰手裡以及爲什麼，可是大家又都繼續在政治局裡玩這種把戲！墓地的常春藤緊緊纏住了西方。詞語的常春藤扼殺了生活！』

這時候，我在烏德金背後的鏡子裡看見了樂手們。小提琴發出調音時的輕聲呻吟，吉他彈出一聲長長的嘆息，手風琴竭力吐出一聲動聽的輕吟。最後，在鏡子朦朧的反光中，我看見了她……

她宛如裹在黑裙裡的一隻長長的鳥羽，臉色蒼白，沒有任何世俗的脂粉……

『是呀，機器的確運轉得很好，』我心想，『薩沙懂得適時爲客人奉上斯拉夫美食……這些人因飽饜美食而變得臉頰鬆弛，眼神迷離，心兒沉醉……』

然而，響起的歌聲似乎沒有沿著薩沙的思路走下去。首先唱出的一個極其微弱的音符使得樂手們不得不將音樂調低。這聲音彷彿來自遠方，沒能蓋過餐桌上的喧嘩。片刻後，微弱的歌聲佔了上風，儘管所有人喝得醉醺醺，神經有些麻木，卻都感覺到在張掛著紙聖像和紅色天鵝絨的牆壁後面，一片遙遠的雪野正在舒展開來。歌聲裊裊升起，人們目不轉睛地注視著那張蒼白的臉：她眼神迷茫，沉浸在歌聲喚起的回憶中。在迷幻的鏡子深處，我或許比其他人看得更清楚：她的身體宛如長長的黑羽毛，蒼白的臉龐未施粉黛、毫無戒備。她彷彿在爲自己歌唱，爲這個四月的寒夜歌唱，爲某個無形的人歌唱。一個女人在某個夜晚，在冰雪覆蓋的樅木屋的火爐前就這樣唱著……所有人都熟知它的歌詞。然而，人們無需細聽歌詞，就進入了那個迷失在暴風雪中的遙遠夜晚，只需注視著燭焰，直到它開始擴大，然後將你帶入它透明的光暈裡。音樂變成樅木屋中一抹清新的空氣，飄散著狂風的氣息、火焰的光熱、雪松燃燒的芬芳和孤寂的清澄味道……

『這首歌，』烏德金低聲說道，『奇怪地使我想起了薩姆海曾向我講述的一個故事。他後悔向我說起囚犯在勞改營中遭強姦的事，後悔說起我已經知道的所有這些下流勾當。在他看來，我是個孩子，況且你了解薩姆海這個人……當警察抬走凍死的囚犯，只剩下我倆時，薩姆海讓我看他的鼻子，你還記得他的那個拳擊手的鼻子嗎？他還向我講述了事情的全部過程！』

許多年前的一天，薩姆海在凱代附近的一座廢棄的穀倉頂上睡覺。大地一片銀白，然而，房頂上的最後幾窪積雪在春日的暖陽下消融。一個女子的聲音從房下傳來將他吵醒。他從房頂向下瞟了一眼，只見三個男人正在圍攻一名女子。她掙扎著，但無濟於事。事實上，在我們那裡，只要將刀插入肋骨就可以迅速解決問題，她是知道的。從他們的叫喊聲中，薩姆海明白了這還不完全是一起強姦事件，那些傢伙只是不想付錢，否則她絕不會反抗。總之，她只得聽任他們擺布……薩姆海注視著他們，就像一隻狗面對著牠的獵物。男人們只在她的軀體上找到了對他們有用的東西：他們將她的衣服撩了上去，露出了小腹和乳房，抓住她的下巴和嘴——這是他們需要的。一切都在倉皇間進行，他們氣喘吁吁，不時冒出幾聲下流的竊笑。他就在房頂上，離他們只有三米遠，他有生第一次看到男人怎樣在一個女人身上爲『那種事』做準備。女人上身向後倒去，閉上了雙眼，爲了不看到那一幕……目瞪口呆的薩姆海差點叫出聲來：女人的心掉在了雪地上！不，或許只是一塊手絹，或是一個裹在白紙裡的小物件……是的，是她裝在大衣內兜裡的一個粉紅色的小包，那些人已經粗暴地將她的衣領解開……但在那一刻，薩姆海以爲是一顆心掉進了雪中。他開始喊叫，並從房頂滑落了下來，面頰因雙眼的刺痛而扭曲。他揮舞著軍刀，向敵人的頭部和腰部砍去，他倒在他們如狼牙棒般的重拳之下，隨後又站了起來，掙脫了那一雙雙試圖扼住他的手。突然間，鮮血彌漫了天空。他看不見道路，時而將刀揮向空中，時而砍到他人的身上。但是，在浸滿他雙眼的鮮血中，慢慢滲入了令他疼痛的黏稠的碎石……當他終於能夠用衣袖擦淨臉頰時，他看到那些男人們上了一輛停在路邊的卡車……而那個女子，已沿著奧雷河走得很遠，很遠……

我聽著他的講述，似乎又看到了從前的烏德金。他的臉變得清晰起來，肥胖笨拙的體態讓人再次想起一隻受傷的鳥兒振翅欲飛的樣子。他也正是以從前的低沉而憂傷的聲音向我吐露：

『那是一個有著紅棕色頭髮的妓女，你記起了嗎？她每晚都在等西伯利亞火車……我最初的詩歌正是奉獻給她的……』

烏德金又斟上了一杯酒，慢慢品著。難道他眞的說了這些話？莫非這埋藏在雪中的回憶產生於我醉醺醺的腦海？還有那浸透了薩姆海雙眼的鮮血，它是不是散發著中美洲森林的炎熱氣息？薩姆海躺在樹下，被鮮血遮住的眼睛依稀看見了那兩個身著土黃色軍裝的男人，充滿戒備地靠近他，想結果他的性命。是的，我看見的正是他；他鋼鐵般結實的身體，蔑視疼痛的微笑，忠實於我們年輕時代的英雄，忠實於曾經這樣教導我們的那個人：子彈不會使人感到疼痛，只要人們敢於面對，死亡就永遠不會降臨。

出了炎熱而沉悶的大廳，我們在車站上，在灰暗遼闊的大海前停留了片刻。看不到一絲亮光。只有海面一望無際的夜景，只有冰雪，只有虛空。

我們在一家格魯吉亞餐館裡坐了下來，店主杰奧季曾是位卡茲別克牧羊人，他以憂鬱的眼神迎接我們。迷路客人的長談、牆上懸掛的黑海風景畫和老卡茲別克牧羊人的夢想為餐館營造了一種獨特的氛圍。杰奧季向我們打了個招呼，端上我們需要的東西。他知道的：白蘭地、咖啡和綠檸檬。

『在第比裡斯，一顆炮彈炸毀了我童年時住過的房屋，』他將酒瓶和酒杯放在桌上時低聲說道，『那間屋子已有二百年的歷史。這世界真是瘋了……』

我們沉默不語，又回到了二十年前那片一望無邊的白雪皚皚的平原中間……在天際，一輪冬日的斜陽——歷史的鐘擺——凝固在哨所之間……它被包圍在雜亂的帶刺的鐵絲網中，烏德金，我，還有其他許多人，我們生命中的許多年都是在這個圓盤周圍搖擺度過的。我們寫著顛覆性的書籍，懷疑著並抗議著。我們曾用我們的肩膀，我們的話語去推動——那遲鈍木訥的鐘擺。漸漸地，這個歷史的鐘擺開始回應我們的努力。它越來越自由地在遼闊的帝國上空搖擺，這往復的搖擺開始變得具有危險性。直到有一天，這令人目眩的鐘擺將我們捲入它的軌道，將我們拋向帝國疆域之外，拋向神秘的西方海岸。正是在這片土地上，我們注意到了鐘擺變得瘋狂——抑或最終變得自由？它將帝國自身摧毀……『而今天，儘管我擁有那麼多西方的睿智，』我帶著苦澀的笑思忖著，『我還是不懂被宰殺的狼眼裡那滴冰冷的眼淚，不懂嵌著巨大鏽釘的百年老松表皮下靜靜的生命，也不懂那個坐在冰雪覆蓋的樅木屋中的火爐旁，爲某個無形的人歌唱的紅髮女人的寂寞……』

烏德金摘下眼鏡，醉意沉沉之中，他向我慢慢地講述著，渾濁的眼光包圍著我的臉：當我看到用拉丁文刻在墓碑上的他的名字時——是的，他的眞名，而不是我們如此熟悉的『薩姆海』——就在那一刻，我想起了一切。我回憶起那遙遠的一天，我和外祖父去奧雷河邊散步……雪中有條小徑，你還記得嗎？一條沿著海岸山脊延伸的窄道……我經常拿這樣一個難題糾纏外祖父：應該如何寫作？那一天或許比平時更加煩人，因爲我剛讀過他關於戰爭的描述，並且泰加森林裡比任何時候都更加神秘。他用風趣的玩笑做答或微笑著岔開話題。最後實在躲不過就罵了句粗話，然後推了一下我的肩膀，當然是在開玩笑。我當時站在伸向海岸的結冰的山坡高處。我失去了平衡，開始在這條窄道上迅速下滑。天空在我眼中旋轉，泰加森林的圍牆向我迎面撲來，我分不清東南西北，身體在急速而又舒緩的下滑中失去了重量。

特別是我有了一種新的感覺：有人不顧我的瘸腿，像對待正常人一樣推了我一把！我滾落到了地面的雪堆中，周圍是一些嫩松枝。我頭暈目眩，環顧四周。離我身處的小土堆不遠，在冬夜藍色的月光下，我看見了他們……赤身裸體。一個男人和一個女人。他們站在那裡，身體緊貼著擁抱在一起。他們互相注視著，默默無語。四周一片寂靜。紫色的天空籠罩著他們……空氣中散發著雪和松脂的氣味……我靜靜地定在那裡……這兩尊軀體幾乎有種虛幻的美。祖父在山脊高處喊我。叫聲打破了沉寂。兩個情人分開了，向樅木搭建的浴室逃去。那是薩姆海和一個我以前從未見過以後也再沒看到過的年輕女人。她彷彿在這個美麗寂靜的瞬間誕生，又隨之消逝了……

屋外，雪花飛來貼到我們的臉頰上，喚起了消逝已久的感覺。烏德金翻起外套衣領以抵禦夾帶著雪片的狂風。他的話語在風中變得含混不清。我轉過身——我們在空曠的碼頭留下的足跡，就好像是雪鞋在泰加森林中的鐵路沿線踩出的印痕，彷彿烏德金把我帶向了沉睡在白雪覆蓋的鐵軌上的一列火車……窗上結著冰霜的空空的車廂正默默地為我們的夜行做準備。我們將在一間黑暗的包廂裡坐定，靜靜地等待。他會來的。他將會邁著疲憊軍人的腳步，穿過走廊，出現在門口。

他會來的！他滿載著五湖四海的鹹風驕陽和被征服的時空，面帶微笑，用依舊遙遠的聲音大聲說道：

『不，我還沒有抽完我的最後一支雪茄！』

這時，火車將慢慢啓動，雪花在黑色的車窗上留下越來越傾斜的水絲。在接下來的深夜長談中，我們將獲知在初渡愛河的時代，那位誕生於一個美麗寂靜瞬間的女郎的芳名。

CLASSIC
當代大師・文學經典

讀者回函卡

CLASSIC是皇冠介紹當代大師作品的書系，感謝您購買本書，只要將本卡填妥後寄回（免貼郵票），就可不定期收到我們的新書資訊，並且我們會將您的意見匯整起來，提供您更好看的大師作品！

⊙您購買的書名是：＿＿＿＿＿＿＿＿＿＿＿＿

1. 請針對下列各項目為本書打分數

	5	4	3	2	1
A. 內容題材	□	□	□	□	□
B. 封面設計	□	□	□	□	□
C. 字體大小	□	□	□	□	□
D. 編排設計	□	□	□	□	□
E. 翻譯品質	□	□	□	□	□
F. 印刷裝訂	□	□	□	□	□

2. 您購買本書的動機？

□ 封面吸引 □書名吸引 □內容題材 □作者知名度
□廣告促銷 □其他

3. 您從哪裡得知本書的消息？

□ 書店 □報紙廣告 □皇冠雜誌廣告 □書評或書介
□親友介紹 □ 其他

4. 您通常以哪些方式購書

□ 逛書店 □劃撥郵購 □信用卡訂購 □團體訂購
□網路購書 □其他

5. 您知道皇冠**CLASSIC**書系的訊息嗎？

□知道 □不知道

從何處得知？＿＿＿＿＿＿＿＿＿＿

6. 您對皇冠**CLASSIC**書系的意見：

＿＿＿＿＿＿＿＿＿＿＿＿＿＿＿＿＿＿＿＿

＿＿＿＿＿＿＿＿＿＿＿＿＿＿＿＿＿＿＿＿

7. 您對本書的意見，或對我們的批評、建議、期望：

北區郵政管理局登
記證北台字1648號
免 貼 郵 票

〔限國內讀者使用〕

皇冠文化出版有限公司　收

台北市敦化北路120巷50號

姓名：　　　　　性別：□男　□女　年齡：

學歷：□國小或以下　□國中　□高中職　□大專　□研究所

通訊地址：□□□

連絡電話：公：　　　　分機　　　宅：

生日：　年　月　日

⊙本人資料同意依法授權，以便貴社日後寄發新書介紹或特會訊息等相關資訊。

如您不同意，煩請來電通知，謝謝！

釘線

國家圖書館出版品預行編目資料

在愛的長河時光中 / 安德依・馬金尼（Andreï Makine）著；胡燕，安陽譯.-- 初版 -- 臺北市；皇冠，2001【民90】
面　；公分.--（皇冠叢書；第3058種）
〔當代經典；32〕
譯自：Au temps du fleuve Amour
ISBN 957-33-1766-4（平裝）
876.57　　89019717

皇冠叢書第3058種
CLASSIC32

在愛的長河時光中

Au temps du fleuve Amour

作　　者—Andreï Makine　　譯　　者—胡燕、安陽
發 行 人—平鑫濤
出版發行—皇冠文化出版有限公司
台北市敦化北路120巷50號　電話◎2716-8888
郵撥帳號◎1526151～6號
香港星馬—皇冠出版社(香港)有限公司
總 代 理　香港灣仔告士打道80號16樓
電話◎2529-1778　傳真◎2527-0904
總 編 輯—朱亞君
英文主編—余國芳　外文編輯—殷麗君
責任編輯—孟繁珍　美術設計—吳鳳玲
校　　對—孟繁珍・張純玲・何錦雲・鮑秀珍
著作完成日期—1994年
初版一刷日期—2001年1月12日

如有破損或裝訂錯誤，請寄回本社更換
讀者服務傳真專線◎02-27150507
皇冠文化集團網址◎ http://www.crown.com.tw
電腦編號◎044032　國際書碼◎ISBN 957-33-1766-4
Printed in Taiwan
本書定價◎新台幣200元/港幣67元